文学常识丛书

诗中月

翟民　主编

黄河出版传媒集团
阳光出版社

图书在版编目（CIP）数据

　　诗中月 / 翟民主编. —— 银川：阳光出版社，
2016.7（2020.12重印）
　　（文学常识丛书）
　　ISBN 978-7-5525-2820-6

　　Ⅰ.①诗… Ⅱ.①翟… Ⅲ.①古典诗歌－诗歌欣赏－
中国－青少年读物 Ⅳ.①I207.2-49

　　中国版本图书馆CIP数据核字(2016)第190146号

文学常识丛书　诗中月　　　　　　　　　　　翟民　主编

责任编辑　贾　莉
封面设计　民谐文化
责任印制　岳建宁

黄河出版传媒集团
阳　光　出　版　社　出版发行

出 版 人　薛文斌
地　　址　宁夏银川市北京东路139号出版大厦（750001）
网　　址　http://www.ygchbs.com
网上书店　http://www.shop129132959.taobao.com
电子信箱　yangguangchubanshe@163.com
邮购电话　0951-5047283
经　　销　全国新华书店
印刷装订　河北燕龙印刷有限公司
印刷委托书号　　（宁）0019156

开　　本　710 mm×1000 mm　1/16
印　　张　11.5
字　　数　132千字
版　　次　2016年11月第1版
印　　次　2021年1月第2次印刷
书　　号　ISBN 978-7-5525-2820-6
定　　价　34.50元

前　言

　　源远流长的中华五千年文化，滋养着生生不息的中华民族。那些饱含圣贤宗师心血的诗歌、散文，历经了发展和不断地丰富，融入了中华民族的血脉，铸就了中华民族的脊梁，毋庸置疑地成为宝贵的文化遗产、永恒的精神食粮、灿烂的智慧结晶。然而受课时篇幅所限，能够收入到中小学教科书的经典作品必定是极少数。为此，我们精心编辑了这一套集古代经典诗歌分类赏析、古代经典散文分类赏析为一体的《文学常识丛书》。

　　本套丛书包括：古代经典诗歌分类赏析共十册——《诗中水》《诗中情》《诗中花》《诗中鸟》《诗中雨》《诗中雪》《诗中山》《诗中日》《诗中月》《诗中酒》；古代经典散文分类赏析共十册——《物华风清》《人和政通》《诙谐闲趣》《情规义劝》《谈古喻今》《修身养性》《奇谋韬略》《群雄争锋》《逝者如斯》《天下为公》。

　　读古诗，我们会发现诗人都有这样一个特征——托物言志。如用"大鹏展翅""泰山绝顶"来抒发自己对远大抱负的追求，用"梅兰竹菊""苍松劲柏"来表达自己对崇高品格的追慕；用"青鸟红豆""鸿雁传书"寄托相思，用"阳关柳色""长亭古道"排解离愁，用"浮云"来感慨人生无常、天涯漂泊，用"流水"来喟叹时光易逝、岁月更替，用"子规"反映哀怨，用"明月"象征思念……总之，对这些本没有思想感情的自然物，古代诗人赋予它们以独特的寓意，使之成为古诗中绚丽多彩的意象。正是这些意象为古诗增添了无穷的魅力。

　　古典散文同样也散发着艺术的光辉，但更引人瞩目的是它所蕴含的思想精华，或纵论古今，或志异传奇，或微言大义，或以小见大，读后不禁让我们对古人睿智的思想和优美的文笔赞叹不已。

　　希望能通过这套丛书，使广大中学生对祖国光辉灿烂的文化遗产有一个更深刻的认识。

编者

目　录

作品简介

　　《古诗十九首》是一组中国五言古诗的统称。这些诗共有十九首，一般认为是汉朝的一些无名诗人所作。最早由梁代萧统编入《文选》，并命名"古诗十九首"。

　　其内容多写夫妇朋友间的离愁别绪和士人的彷徨失意，有些作品表现出追求富贵和及时行乐的思想。语言朴素自然，描写生动真切，在五言诗的发展上有重要地位。

明月何皎皎

明月何皎皎,照我罗床帏①。

忧愁不能寐②,揽衣③起徘徊。

客行虽云乐,不如早旋归④。

出户独彷徨,愁思当告谁?

引领⑤还入房,泪下沾裳衣⑥。

注 释

①罗床帏:罗帐。

②寐:入睡。

③揽衣:犹言"披衣""穿衣"。揽,取。

④旋归:回归,归家。旋,转。

⑤引领:伸颈,"抬头远望"的意思。

⑥裳衣:一作"衣裳"。

文学常识丛书

赏 析

　　这首诗是写游子离愁的,诗中刻画了一个久客异乡、愁思辗转、夜不能寐的游子形象。他的乡愁是由皎皎明月引起的。更深人静,那千里与共的

明月,最易勾引起羁旅人的思绪。

"明月何皎皎,照我罗床帏。"当他开始看到明月如此皎洁时,也许是兴奋的赞赏的。银色的清辉透过轻薄透光的罗帐,照着这位拥衾而卧的人。可是,夜已深沉,他辗转反侧,尚未入眠。是过于耀眼的月光打扰他的睡眠吗?不,是"忧愁不能寐"。他怎么也睡不着,便索性"揽衣"而"起",在室内"徘徊"起来。清代朱筠评曰:"神情在'徘徊'二字。"(《古诗十九首说》)的确,游子"看月""失眠""揽衣""起床""徘徊"这一连串的动作,说明他醒着的时间长,实在无法入睡;同时说明他心中忧愁很深。尤其是那"起徘徊"的情态,深刻地揭示了他内心痛苦的剧烈。

诗写到这里,写出了"忧愁不能寐"的种种情状,但究竟为什么"忧愁"呢?"客行虽云乐,不如早旋归。"这是全诗的关键语,画龙点睛,点明主题。这两句虽是直说缘由,但语有余意,耐人寻味。"客行"既有"乐",为何又说"不如早旋归"呢?实际上他乡做客,何乐而言。然而异乡游子为什么欲归不归呢?这和他们所处的客观现实是密切联系着的。即如本诗的作者,大概是东汉时一个无名文人吧,在他那个时代,往往为营求功名而旅食京师,却又仕途阻滞,进退两难。这两句诗正刻画出他想归而不得归无可奈何的心情,是十分真切的。

作者点出这种欲归不得的处境后,下面四句又像开头四句那样,通过主人公的动作进一步表现他心灵最深层的痛苦。前面写到"揽衣起徘徊",尚是在室内走走,但感到还是无法排遣心中的烦闷,于是他走出户外了。然而,"出户彷徨",半夜三更,他像梦游似的,独自在月下彷徨,更有一阵孤独感袭上心头。"愁思当告谁?"正是这种"孤独"、这种"彷徨"的具体感受了。古乐府《悲歌》云:"悲歌可以当泣,远望可以当归。"于是诗人情不自禁地向千里之外的故乡云树引领而望,可是又怎能获得"可以当归"的效果呢?反而引起了更大的失望。他实在受不了这种感情上的折磨了,他又回到室内去。从"出户"到"入房"，这一出一入，把游子心中翻腾的愁情推向顶点，以至再也禁不住"泪下沾裳衣"了！

全诗共十句，除了"客行"二句外，所描写的都是极其具体的行动，而这些行动是一个紧接着一个，是一层深似一层的，细致地刻画了游子欲归不得的心理状态，手法是很高明的。

绝妙佳句

客行虽云乐，不如早旋归。

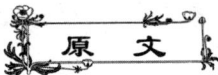

明月皎夜光

明月皎夜光,促织①鸣东壁。

玉衡指孟冬②,众星何历历③。

白露沾野草,时节忽复易④。

秋蝉鸣树间,玄鸟逝瞰适⑤?

昔我同门友⑥,高举振六翮⑦。

不念携手好,弃我如遗迹。

南箕北有斗⑧,牵牛不负轭⑨。

良无盘石⑩固,虚名复何益?

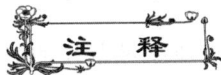

①促织:蟋蟀。

②玉衡:指北斗七星中的第五至七星。北斗七星形似酌酒的斗:第一星至第四星成勺形,称斗魁;第五星至第七星成一条直线,称斗柄。由于地球绕日公转,从地面上看去,斗星每月变一方位。古人根据斗星所指方位的变换来辨别节令的推移。孟冬:冬季的第一个月。这句是说由玉衡所指的方位,知道节令已到孟冬(夏历的七月)。

③历历:分明貌。

④易:变换。

诗中月

5

⑤玄鸟:燕子。安适:往什么地方去。燕子是候鸟,春天北来,秋时南飞。这句是说:天凉了,燕子又要飞往什么地方去了?

⑥同门友:同窗,同学。

⑦翮(hé):鸟的羽茎。据说善飞的鸟有六根健劲的羽茎。这句是以鸟的展翅高飞比喻同门友的飞黄腾达。

⑧南箕:星名,形似簸箕。北斗:星名,形似斗(酌酒器)。

⑨牵牛:指牵牛星。轭:车辕前横木,牛拉车则负轭。"不负轭"是说不拉车。这二句是用南箕、北斗、牵牛等星宿的有虚名无实用,比喻朋友的有虚名无实用。

⑩盘石:同"磐石",大石。

赏　析

"明月皎夜光,促织鸣东壁。"皎洁的月色,蟋蟀的低吟,交织成一曲多么清越的夜之旋律。再看夜空,北斗横转,那北斗斗柄正指向天象十二方位中的"孟冬",闪烁的星辰,更如镶嵌天幕的明珠,把夜空辉映得一片璀璨!而诗人却有心事,默默无语,只是在月光下徘徊。当他踏过草径的时候,忽然发现草叶上竟已沾满晶莹的露珠,此刻他才感觉到深秋已在不知不觉中到来。时光之流驶有多疾速呵!而从那枝叶婆娑的树影间,又有时断时续的寒蝉之哀鸣。怪不得往日的燕子(玄鸟)都不见了,原来已是秋雁南归的时节。这些燕子又将飞往哪里去呢?"秋蝉鸣树间,玄鸟逝安适"?这就是诗人在月下所发出的怅然问叹。这问叹似乎只对"玄鸟"而发,实际上,它岂不又是诗人那充满失意的怅然自问?从下文可知,诗人之游宦京华已几经寒暑。而今草露蝉鸣又经一秋,它们在诗人心上所勾起的,该是流离客中的惆怅和凄怆!

文学常识丛书

以上八句从描述秋夜之景入笔,抒写诗人月下徘徊的哀伤之情。适应着秋夜的清寂和诗人怅惘、失意之感,笔触运得很轻,色彩也一片惨白;没有大的音响,只有蟋蟀、秋蝉交鸣中诗人偶发的那悠悠的叹息之声。当诗人一触及自身的伤痛时,情感便不免愤愤起来。诗人为什么久滞客中?为何在如此夜半焦灼难眠?那是因为他曾经希望过,期待过,而今这希望和期待全破灭了!"昔我同门友,高举振六翮",在诗人求宦京华的蹉跎岁月中,和他携手而游的同门好友,先就举翅高飞、腾达青云了。这在当初,无疑如一道灿烂的阳光,把诗人的前路照耀得五彩缤纷。他相信,同门好友将会从青云间垂下手来,提携自己一把。总有一天,他将能与友人一起比翼齐飞、遨游碧空!但事实却大大出乎诗人预料,昔日的同门之友,而今却成了相见不相认的陌路之人。他竟然在平步青云之际,把自己当作走路时的脚迹一样,留置身后而不屑一顾了!"不念携手好,弃我如遗迹",这毫不经意中运用的妙喻,不仅入木三分地刻画了同门好友"一阔脸就变"的卑劣之态,同时又表露了诗人那不谙世态炎凉的多少惊讶、悲愤和不平!全诗的主旨至此方才揭开,那在月光下徘徊的诗人,原来就是这样一位被同门好友所欺骗、所抛弃的落魄者。在他的背后,月光映出了静静的身影;而在头顶上空,依然是明珠般闪烁的"历历"众星。当诗人带着被抛弃的余愤仰望星空时,偏偏又瞥见了那名为"箕星""斗星"和"牵牛"的星座。正如《小雅·大东》所说的:"维南有箕,不可以簸扬;维北有斗,不可以挹酒浆","睆彼牵牛,不以服箱(车)"。它们既不能簸扬、斟酌和拉车,为什么还要取这样的名称?真是莫大的笑话!诗人顿时生出一股无名的怨气,指点着这些徒有虚名的星座大声责问起来:"南箕北有斗,牵牛不负轭!"突然指责起渺渺苍穹中的星星,不太奇怪了吗?一点也不奇怪。诗人心中实在有太多的苦闷,这苦闷无处发泄,不拿这些徒有虚名的星星是问,又问谁去?然而星星不语,只是狡黠地眨着眼,它们仿佛是在嘲笑:你自己又怎么样呢?不也担着"同门友"的虚名,终于被同门之友抛弃了吗?"良无盘石固,虚名复何益?"想到当年友人怎样信誓旦旦,声称着同门之谊坚如磐石,而今"同门"虚名犹存,"磐石"友情安在?诗人终于仰天长叹,以悲愤的感慨收束了全诗。这叹息和感慨,包含了诗人那被炎凉世态所欺骗、所愚弄的多少伤痛和悲哀呵!

抒写这样的伤痛和悲哀,本来只用数语即可说尽。此诗却偏从秋夜之景写起,初看似与主旨全无关涉,其实均与后文的情感抒发脉络相连;月光笼盖悲情,为全诗敷上了凄清的底色;促织鸣于东壁,给幽寂增添了几多哀音;"玉衡指孟冬"点明夜半不眠之时辰,"众星何历历"暗伏箕、斗、牵牛之奇思;然后从草露、蝉鸣中,引出时光流逝之感,触动同门相弃之痛;眼看到了愤极"直落"、难以控驭的地步,"妙在忽蒙上文'众星历历',借箕、斗、牵牛有名无实,凭空作比,然后拍合,便顿觉波澜跌宕"(张玉谷《古诗赏析》)。这就是《明月皎夜光》写景抒愤上的妙处,那感叹、愤激、伤痛和悲哀,始终交织在一片星光、月色、蝉鸣之中……

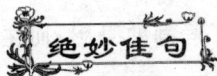

绝妙佳句

不念携手好,弃我如遗迹。

作者简介

曹植(公元 192—232 年),字子建,曹丕的同母弟,曾被封为陈王,死后谥思,故世称"陈思王"。曹植少时聪敏,有才华,很受曹操宠爱,一度欲立为太子,终因任性而失宠。曹丕即位后,他受曹丕的猜忌和迫害,屡遭贬爵和改换封地。曹丕死后,曹丕的儿子曹叡即位,曹植曾几次上书,希望能够得到任用,但都未能如愿,最后忱郁而死,年四十一岁。

曹植是建安时期成就最高的文学家,诗风华美,骨气奇高。散文和辞赋亦清丽流畅。今有《曹子建集》传世。

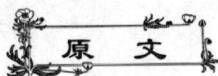

七 哀

明月照高楼，流光正徘徊。

上有愁思妇，悲叹有余哀①。

借问叹者谁？言是宕子②妻。

君③行逾④十年，孤妾常独栖⑤。

君若清路尘，妾若浊水泥。

浮沉各异势，会合何时谐⑥？

愿为西南风，长逝⑦入君怀。

君怀良⑧不开，贱妾当何依！

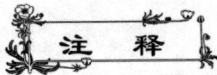

①余哀：不尽的忧伤。

②宕子：荡子，游子。

③君：指游子，思妇的丈夫。

④逾：超过。

⑤独栖：孤独地生活。

⑥谐：指会合，和谐。

⑦逝：往，去。

⑧良：确实，诚然。

赏 析

这首诗借一个思妇对丈夫的思念和怨根,曲折地吐露了诗人在政治上遭受打击之后的怨愤心情。诗人自比"宕子妻",以思妇被遗弃的不幸遭遇来比喻自己在政治上被排挤的境况,以思妇与丈夫的离异来比喻他和身为皇帝的曹丕之间的生疏"甚于路人""殊于胡越"(曹植《求通亲亲表》)。诗人有感于兄弟之间"浮沉异势,不相亲与"(刘履《选诗补注》),进一步以"清路尘"与"浊水泥"来比喻二人境况悬殊。"愿为西南风,长逝入君怀",暗中倾诉思君报国的衷肠;而"君怀良不开,贱妾当何依",则对曹丕的绝情寡义表示愤慨,流露出无限凄惶之感。全诗处处从思妇的哀怨着笔,句句暗寓诗人的遭际,诗情与寓意浑然无间,意旨含蓄,笔致深婉,确有"情兼雅怨"的特点。

这首诗的起句与结尾都相当精妙。起句既写实景,又渲染出凄清冷寂的气氛,笼罩全诗。月照高楼之时,正是相思最切之际,那徘徊徜徉的月光勾起思妇的缕缕哀思。曹植所创造的"明月""高楼""思妇"这一组意象,被后代诗人反复运用来表达闺怨。诗歌结尾,思妇的思念就像那缕飘逝的轻风,"君怀良不开",她到哪里去寻找归宿呢?结尾的这缕轻风与开首的那道月光共同构成了一种幽寂清冷的境界。

11

绝妙佳句

明月照高楼,流光正徘徊。

作者简介

　　涂陵(公元 507－583 年)，字孝穆，东海郯(今山东郯城)人。梁代为东宫学士，后迁为散骑侍郎。入陈后，官至吏部尚书、中书监，封建昌县侯。

　　他以诗文轻靡绮艳出名，是宫体诗的代表作家之一，与庾信齐名，世称"涂庾"。编有《玉台新咏》10 卷，是现存最早的诗歌总集之一。后人辑有《涂孝穆集》。

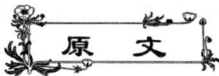

关山月

关山三五月^①，客子忆秦川^②。

思妇高楼上，当窗应未眠。

星旗^③映疏勒^④，云阵上祁连。

战气今如此，从军复几年？

诗中月

13

①三五月：农历十五夜的月亮。

②秦川：指关中，就是从陇山到函谷关一带地方。

③旗：星名。《史记·天官书》："房心东北曲十二星曰旗。"

④疏勒：汉代西域国名，故都在今新疆维吾尔自治区疏勒县。

"关山月"是乐府《横吹曲》题，本篇写征夫在月圆之夜思念家中的妻子。

开头两句点出诗题，以一个"忆"字引出无尽情思。三、四句写所"忆"情景。征夫设想，在遥远的秦川故里，满腹心事的妻子肯定也没有入睡，她登上高楼，倚着窗儿，正在眺望中天寒月，思念着远在边关的丈夫。设想的真切，表现出思念的殷切。接下去写边关景象，这一带地区兵象频现、战云密布,征夫不由发出深长的叹息:"战气今如此,从军复几年?"一个"复"字倾泻出无尽的怨情。

　　这首诗构思巧妙。中天明月,光照四海,而仰望"三五月"的边关征夫和秦川思妇却远隔千山万水;月可望而人不可见,只好寄情于明月。此诗以高大黝黑的关山和一轮清寒的月亮为背景,其间流荡着柔似月光的情愫,在苍茫雄浑中透出温柔之色,格外感人。

绝妙佳句

　　关山三五月,客子忆秦川。

作者简介

阴铿（生卒年不详），字子坚，武成姑臧（今甘肃省武成县）人，南朝文学家。在梁朝官至湘东王法曹参军。入陈后，任始兴王中录事参军，因文才出众而倍受陈文帝赞赏，累迁晋陵太守、员外散骑常侍。

其诗以描写山水景物见称，字句精炼，风格清丽，与何逊相似。有《阴常侍集》。

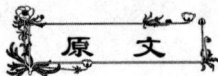

五洲①夜发

夜江雾里阔,新月迥中明。

溜船②惟识火,惊凫③但听声。

劳者④时歌榜,愁人数问更。

注 释

①五洲:在今湖北省浠(xī)水县西兰溪西大江中。

②溜船:顺流而下的船。

③凫(fú):野鸭。

④劳者:指榜人,即船夫。

赏 析

这首诗描写的是江舟夜行的情景。开头两句写高远之景,先是放眼平视,后是仰头而望。三、四句写近景。前句写所见:夜雾中闪烁着点点灯火,只有从灯火的移动,才能觉察出船儿在行驶。后句写所闻:江面上不时传来一两声野鸭的叫声,那是行船惊动了夜栖的野鸭,写出了夜江行舟的独特景致。最后两句由写景转为写人。茫茫夜色中,船夫一边摇橹,一边和着吱呀声,唱起悠扬的歌;直到最后才点出"愁人","愁人"却仿佛一直伫

立船头,他的心绪就像夜雾般茫然,孤零零的新月映着他孤单单的身影……

　　全诗以"夜发"为线索,首尾呼应。掩卷之余,似乎可以看到船儿载着"愁人",咿咿呀呀地摇向夜雾深处。

绝妙佳句

　　夜江雾里阔,新月迥中明。

作者简介

　　苏味道(公元 648－705 年),赵州栾城(今属河北)人。乾封中进士。武则天圣历初官居相位,因当时政治环境险恶,常常采取明哲保身的态度,处事模棱两可,世号"苏模棱"。后因亲附张易之兄弟,中宗时被贬为眉州(今四川眉山)刺史。不久又复迁益州(今四川成都)大都督府长史,未行而卒。

　　苏味道少时以文辞与李峤齐名,号"苏李";与李峤、崔融、杜审言号称初唐"文章四友";在诗歌方面,与李峤、沈佺期、宋之问同为我国古代格律诗的奠基人。其诗作现存十六首。《全唐诗》存其诗一卷。

诗中月

正月十五①夜

火树银花②合,星桥铁锁开③。

暗尘随马去,明月逐人来。

游伎④皆秾李,行歌尽落梅⑤。

金吾⑥不禁夜,玉漏⑦莫相催。

注释

①正月十五:古称"上元",即后来的元宵。

②火树银花:形容灯火、焰火的绚丽。

③"星桥"句:城河桥上,灯如繁星,关锁尽开,任人通行。

④游伎:参加灯会演出的歌女。

⑤落梅:《梅花落》歌曲。

⑥金吾:即执金吾,官名,掌管京城治安。

⑦玉漏:古代计时仪器。

赏析

　　这首诗描写了长安城里元宵之夜的景色。从开头"火树银花"形容灯火、焰火的绚丽,我们不难想象,这是多么美妙的夜景!由于到处任人通

19

行,所以城门也开了铁锁。崔液《上元夜》诗有句云:"玉漏铜壶且莫催,铁关金锁彻明开。"可与此相印证。城关外面是城河,这里的桥,即指城河上的桥。这桥平日是黑沉沉的,今天换上了节日的新装,点缀着无数的明灯。灯影照耀,城河望去有如天上的星河,所以也就把桥说成"星桥"了。"火树""银花""星桥"都写灯火,诗人的鸟瞰,首先从这儿着笔,总摄全篇;同时,在"星桥铁锁开"这句话里说出游人之多,这样,下面就很自然地过渡到节日风光的具体描绘。

　　人潮一阵阵地涌着,马蹄下飞扬的尘土也看不清;月光照到人们活动的每一个角落,哪儿都能看到明月当头。原来这灯火辉煌的佳节,正是风清月白的良宵。在灯影月光的映照下,花枝招展的歌女们打扮得分外美丽,她们一面走,一面唱着《梅花落》的曲调。长安城里的元宵,真是观赏不尽的。所谓"欢娱苦日短",不知不觉便到了深更时分,然而人们却仍然怀着无限留恋的心情,希望这一年一度的元宵之夜不要匆匆地过去。"金吾不禁"二句,用一种带有普遍性的心理描绘,来结束全篇,言尽而意不尽,读之使人有余音绕梁、三日不绝之感。

绝妙佳句

　　暗尘随马去,明月逐人来。

作者简介

　　宋之问(公元 656—712 年),字延清,汾州(今山西汾阳)人。上元二年(公元 761 年)进士及第,历洛州参军、尚方监丞、左奉宸内供奉。因谄事张易之兄弟,曾贬泷州参军。召为鸿胪主簿,再转考功员外郎,又谄事太平公主。以知贡举时贪贿,贬越州长史。睿宗即位,流钦州,赐死。

　　宋之问与沈佺期齐名,时称"沈宋"。所作多粉饰太平、颂扬功德之应制诗,靡丽精巧。尤善五律,对初唐律体之定型颇有贡献。

题大庾岭北驿①

阳月②南飞雁,传闻至此回。

我行殊未已,何日复归来?

江静潮初落,林昏瘴③不开。

明朝望乡处,应见陇头梅④。

注 释

①大庾岭:在今江西、广东交界处,为五岭之一。北驿:大庾岭北面的驿站。

②阳月:农历十月。

③瘴:旧指南方山林间湿热致病之气。

④陇头梅:大庾岭地处南方,十月即开梅花。

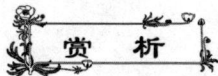

赏 析

这首诗是宋之问流放钦州(治所在今广西钦州东北)途经大庾岭时所作。大庾岭为五岭之一,古人以此为南北分界,有北雁南飞至此不过岭南之传说。

本来,在武后、中宗两朝,宋之问颇得宠幸,睿宗即位后,却成了谪罪之

人,发配岭南,其心中的痛苦哀伤自是可知。所以当他到达大庾岭北驿时,眼望那苍茫山色、长天雁群,想到明日就要过岭,一岭之隔,与中原便咫尺天涯,顿时迁谪失意的痛苦、怀土思乡的忧伤一起涌上心头。悲切之音脱口而出:"阳月南飞雁,传闻至此回。我行殊未已,何日复归来?"阳月(即农历十月)雁南飞至此而北回,而我呢,非但不能滞留,还要翻山越岭,到那荒远的瘴疠之乡;群雁北归有定期,而我呢,何时才能重来大庾岭,再返故乡和亲人团聚!由雁而后及人,诗人用的是比兴手法。两两相形,沉郁、幽怨,人不如雁的感慨深蕴其中。这一鲜明对照,把诗人那忧伤、哀怨、思念、向往等痛苦复杂的内心情感表现得含蓄委婉而又深切感人。

人雁比较以后,五、六两句,诗人又点缀了眼前景色:"江静潮初落,林昏瘴不开。"黄昏到来了,江潮初落,水面平静得令人寂寞,林间瘴气缭绕,一片迷蒙。这景象又给诗人平添了一段忧伤。因为江潮落去,江水尚有平静的时候,而诗人心潮起伏,却无一刻安宁。丛林迷暝,瘴气如烟,故乡何在? 望眼难寻;前路如何,又难以卜知。失意的痛苦,乡思的烦恼,面对此景就更使他不堪忍受。恼人的景象,愁杀了这位落魄南去的逐臣,昏暗的境界,又恰似他内心的迷离恍惚。因此,这两句写景承接上面两句的抒情,以景衬情,渲染了凄凉孤寂的气氛,烘托出悲苦的心情,使抒情又推进一层,更加深刻细腻,更加强烈具体了。

最后二句,诗人又从写景转为抒情。他在心中暗暗祈愿:"明朝望乡处,应见陇头梅。"明晨踏上岭头的时候,再望一望故乡吧! 虽然见不到故乡的踪影,但岭上盛开的梅花该是可以见到的!《荆州记》载,南朝梁时诗人陆凯有这样一首诗:"折梅逢驿使,寄与陇头人。江南无所有,聊赠一枝春。"显然,诗人暗用了这一典故。虽然家不可归,但他多么希望也能寄一枝梅,安慰家乡的亲人啊! 情致凄婉,绵长不断,诗人怀乡之情已经升发到最高点,然而却收得含吐不露。宋人沈义父说:"以景结情最好","含有余不尽之意"。(《乐府指迷》)这两句恰好如此,诗人没有接续上文去写实景,而是拓开一笔,写了想象,虚拟一段情景来关合全诗。这样不但深化了主题,而且情韵醇厚,含悠然不尽之意,令人神驰遐想。

绝妙佳句

明朝望乡处,应见陇头梅。

作者简介

沈佺期(公元 656—约 714 年),字云卿,相州内黄(今河南内黄县)人。唐高宗上元二年(公元 675 年)进士及第。曾任给事中、考功郎中等官。武则天时谄事张易之,因张易之案被流放欢州。唐中宗时召回,历官修文馆直学士、中书舍人、太子詹事。

沈佺期与宋之问齐名,世称"沈宋"。他们总结了六朝以来新体诗创作的经验,对律诗的成熟与定型,贡献颇大。钱良择《唐音审体》说:"律诗始于初唐,至沈、宋而其格始备。"

独不见①

卢家少妇②郁金堂,海燕③双栖玳瑁④梁。

九月寒砧⑤催木叶,十年征戍⑥忆辽阳⑦。

白狼河⑧北音书断,丹凤城⑨南秋夜长。

谁为含愁独不见,更教明月照流黄⑩。

注 释

①独不见:古乐府旧题,内容多写不相见之苦。

②卢家少妇:代指长安少妇。借梁武帝《河中之水歌》诗意:"河中之水向东流,洛阳女儿名莫愁。……十五嫁为卢家妇,十六生儿字阿侯。"

③海燕:燕子,多在梁上筑巢。

④玳瑁:属海龟。龟甲美观可作装饰品。

⑤砧(zhēn):捣衣石,古代捣衣多在秋晚。

⑥戍:驻守。

⑦辽阳:在今辽宁省境内,古时为边防要地。

⑧白狼河:即今辽宁境内的大凌河。

⑨丹凤城:指京城长安。

⑩流黄:杂色丝绢。古乐府《相逢行》:"大妇织绮罗,中妇织流黄。"

这首诗写的是一位少妇思念久戍边塞未归的丈夫,为沈佺期的代表作之一,被历代诗评家认为是温丽、高古之佳篇。

诗的起句借用《河中之水歌》的意境,言简意赅、精妙入微地介绍了思妇的身世和处境。她的家庭环境华丽温馨,生活却冷落凄清。"海燕双栖玳瑁梁"一句反衬,兴起了全篇无限绵绵的愁思。她寂然独居空闺,哪里比得上相亲相爱双栖于梁上的燕子呢?

三、四句绘景抒情,情景相生。深秋九月正是赶制征衣的季节,这此起彼伏的捣衣声撩人心绪。那阵阵飘落的树叶,更使人触目伤怀,平添萧瑟之感。诗没有直说捣衣声催人泪下,却说"催木叶",于无理处见妙,于曲折中见奇。树木无心而为之"催",何况是人呢?意在言外,含蓄婉转,捣衣声本也无所谓寒暖的,加以"寒"字,就增强了诗句的感情色彩,鲜明地表现了思妇的心境。她由赶制征衣的捣衣声联想到征人——自己的丈夫,"十年征戍忆辽阳",自然地揭示出全诗的旨意。

五、六句进一步阐发题旨。正如吴乔在《围炉诗话》中说:"'白狼河北音书断',足上文征戍之意,'丹凤城南秋夜长'足上文'忆辽阳'之意。"十年征戍,时间够长了,再加之音讯断绝,生死难以预料。俗话说:"能隔千里远,不隔一层板。"只要有封书信来,知道丈夫活着,她就还有盼头。可是"音书断",从深沉的叹息中所表露的就不止是一般的怀远盼归的愁思了。她为丈夫的安危焦虑,甚至夹杂有不祥的猜想。音信断绝,又置于这漫漫秋夜、阵阵捣衣声之中,正可谓"忆辽阳"愁断肠了。

最后两句似乎有点怨天尤人的意味。她苦苦地思念着丈夫,非但见不到丈夫的面,而且连个信也没有。"谁为"二字用得十分贴切,表明思妇好像有点嗔怪自己多情的意味。她企图自宽,却愈加思念。在这漫漫长夜,老天又偏让那轮明月来照这预制征衣的"流黄"。征人无消息,征衣将寄往何处？诗句怨而不怒,意境清幽柔和。因而前人评说:"'卢家少妇'首尾温丽。"

绝妙佳句

谁为含愁独不见,更教明月照流黄。

文学常识丛书

作者简介

张若虚（公元660—约720年），扬州（今江苏扬州）人，唐代诗人。曾任兖州兵曹。唐中宗神龙年间，以文词俊秀，名扬京都。又与贺知章、张旭、包融齐名，被称为"吴中四士"。现仅存诗《春江花月夜》和《代答闺梦还》二首。

春江花月夜

春江潮水连海平，海上明月共潮生。

滟滟①随波千万里，何处春江无月明。

江流宛转绕芳甸②，月照花林皆似霰③。

空里流霜不觉飞，汀④上白沙看不见。

江天一色无纤尘，皎皎空中孤月轮。

江畔何人初见月？江月何年初照人？

人生代代无穷已，江月年年只相似。

不知江月待何人，但见长江送流水。

白云一片去悠悠，青枫浦⑤上不胜愁。

谁家今夜扁舟子⑥？何处相思明月楼⑦？

可怜楼上月徘徊，应照离人妆镜台。

玉户⑧帘中卷不去，捣衣砧⑨上拂还来。

此时相望不相闻，愿逐⑩月华⑪流照君。

鸿雁长飞光不度，鱼龙潜跃水成文。

昨夜闲潭⑫梦落花，可怜春半不还家。

江水流春去欲尽，江潭落月复西斜。

斜月沉沉藏海雾，碣石⑬潇湘⑭无限路。

不知乘月几人归？落月摇情满江树。

注 释

①滟滟(yàn)：微波荡漾、波光粼粼的样子。

②芳甸：花草丛生的原野。

③霰(xiàn)：雪珠。

④汀(tīng)：水中水边的平地。

⑤青枫浦：在今湖南省浏阳县境内。此处泛指分别的地点。

⑥扁(piān)舟子：乘小船漂泊在外的游子。

⑦明月楼：月光下思妇所居之楼。

⑧玉户：指思妇的居室。

⑨捣衣砧(zhēn)：捣衣用的垫石。古代妇女缝制衣服前，先要将衣料捣过。为赶制寒衣，妇女常在秋夜捣衣。

⑩逐：追逐，跟随。

⑪月华：月光。

⑫闲潭：幽静的水潭。

⑬碣(jié)石：山名，在今河北省乐亭县西南。

⑭潇湘：水名，潇水和湘水在湖南省零陵县合流后称为潇湘。

赏 析

《春江花月夜》是乐府《清商曲辞·吴声歌曲》旧题，此曲调创始于陈后主，其主要特色是艳丽柔靡。这首诗以春江花月夜为背景，将画意、诗情与对宇宙奥秘和人生哲理的体察融为一体，创造出情景交融、玲珑透彻的诗境，被现代诗人闻一多誉为"诗中的诗，顶峰上的顶峰"（《唐诗杂论·宫体诗的自赎》）。

诗首先从春江月夜的美景写起,月色中,烟波浩渺而透明纯净的春江远景展现出大自然的美妙神奇。在感受无限美景的同时,诗人睹物思情又情不自禁地引出对宇宙人生的思索:"江畔何人初见月?江月何年初照人?人生代代无穷已,江月年年只相似。不知江月待何人,但见长江送流水。"时空无限,生命无限,表现出一种辽阔深沉的宇宙意识,可是光阴似流水,一去不复返,诗人此时又陷入了无限的感伤和迷惘。所以接下来从"白云一片去悠悠,青枫浦上不胜愁"开始叙写人间游子思妇的离愁别绪,明静的诗境中融入了诗人淡淡的哀伤。这种忧伤随着月光、流水的流淌徐徐改变。最后以"不知乘月几人归?落月摇情满江树"结尾,深情缅邈,令读者陷入了对宇宙人生的深思。

全诗语言优美、生动、形象,富有哲理意味,它将真实的生命体验融入优美的意象中,营造出了一个空明纯美的诗歌意境。

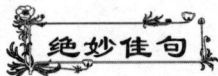

绝妙佳句

春江潮水连海平,海上明月共潮生。

作者简介

张九龄（公元 678－740 年），字子寿，唐韶州曲江（今广东曲江）人。唐中宗景龙初年进士。唐玄宗时迁左拾遗内供奉。开元四年（公元 716 年），奉旨开梅岭新路。开元二十二年（公元 734 年）任中书令，遭李林甫排挤，二十五年（公元 737 年）罢相，贬为荆州大都督长史。死后赐谥文献。后人称曲江公。

他的诗早年词采清丽，情致深婉，为诗坛前辈张说所激赏。被贬后风格转趋朴素道劲。

望月怀远

海上生明月,天涯共此时。

情人怨遥夜①,竟夕②起相思。

灭烛怜光满③,披衣觉露滋④。

不堪盈手赠,还寝⑤梦佳期。

注 释

①遥夜:漫漫长夜。

②竟夕:整夜。

③光满:指月色格外皎洁。

④露滋:露水打湿。

⑤还寝:回卧室再睡。

赏 析

这是一首月夜怀念远方之人的诗。起句写景:辽阔无边的大海上升起一轮明月,点明题中的"望月"。第二句即由景入情,转入"怀远"。这与谢庄《月赋》"美人迈兮音尘绝,隔千里兮共明月"意思相近,但却脱口而出、自然浑成,意境也更加雄浑壮阔。

三、四句直抒对远方之人的思念之情。多情人对月相思而久不能寐，只觉得长夜漫漫，故而落出一个"怨"字。这两句采用流水对，自然流畅，一气呵成。

五、六句具体描绘了彻夜难眠的情景。诗人因思念远方之人，彻夜相思，灭烛之后，尤觉月华光满可爱，于是披衣步出室外，独自对月仰望凝思，不知过了多久，直到露水沾湿了衣裳方觉醒过来。句中的"怜"和"觉"两个动词用得好，使诗中人对远人思念之情得到充分表达，这是一种因望月而怀人，又因怀人而望月的情景相生写法。

最后两句进一步抒写了对远方之人的一片深情。相思不眠之际，有什么可以相赠呢？一无所有，只有满手的月光。这月光饱含我满腔的心意，可是又怎么赠送给你呢？还是睡吧，也许在梦中能与你欢聚。构思奇妙，意境幽清。这里诗人暗用晋陆机"照之有余辉，揽之不盈手"两句诗意，翻古为新，悠悠托出不尽情思。诗至此戛然而止，只觉余韵袅袅，令人回味不已。

绝妙佳句

海上生明月，天涯共此时。

赋得自君之出矣

自君之出矣，不复理残机①。

思君如满月，夜夜减清辉。

①机：织布机。

文学常识丛书

《自君之出矣》是乐府诗杂曲歌辞名。赋得是一种诗体。张九龄摘取古人成句作为诗题，故题首冠以"赋得"二字。

首句"自君之出矣"，即拈用成句。良人离家远行而未归，表明了一个时间概念。良人离家有多久呢？诗中没有说，只写了"不复理残机"一句，发人深思：首先，织机残破，久不修理，表明良人离家已很久，女主人长时间没有上机织布了；其次，如果说，人去楼空给人以空虚寂寥的感受。那么，君出、机残也同样使人感到景象残旧衰飒，气氛落寞冷清；再次，机上布织来织去，始终未完成，它仿佛在诉说，女主人心神不定，无心织布，内心极其不平静。以上是对事情起因的概括介绍。接着，诗人便用比兴手法描绘她心灵深处的活动："思君如满月，夜夜减清辉。"诗人用明月象征思妇情操的纯洁无邪,忠贞专一。她日日夜夜思念,容颜都憔悴了。宛如那轮圆月,在逐渐减弱其清辉,逐渐变成了缺月。"夜夜减清辉",写得既含蓄婉转,又真挚动人。比喻美妙熨帖,想象新颖独特,饶有新意,给人以鲜明的美的感受。整首诗显得清新可爱,充满浓郁的生活气息。

绝妙佳句

思君如满月,夜夜减清辉。

作者简介

　　孟浩然（公元 689—740 年），襄州襄阳（今湖北襄樊）人。早年隐居鹿门山，以诗自娱。48 岁入长安赶考落第，失意东归，自洛阳东游吴越。张九龄出镇荆州，引为从事，后病疽卒。

　　其诗多写山水田园的幽清境界，却不时流露出一种失意情绪，诗歌淡雅而有壮逸之气，为当时诗坛所推崇。在描写山水田园上，孟浩然与王维齐名，世称"王孟"。

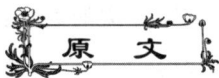

宿建德江①

移舟泊②烟渚③,日暮客愁新④。

野旷天低树,江清⑤月⑥近人。

注释

①建德江:指新安江流经建德县(今属浙江)的一段江水。

②泊:停船靠岸。

③烟渚:暮色迷茫中的小洲。

④客愁新:旅途中新添的愁思。

⑤江清:指平静的江面。

⑥月:指江中的月影。

赏析

这是一首抒写羁旅之思的诗。诗不以行人出发为背景,也不以船行途中为背景,而是以舟泊暮宿为背景。它虽然露出一个"愁"字,但立即又将笔触转到景物描写上去了。可见它在选材和表现上都是颇有特色的。

诗的起句点题,介绍了诗人观赏景物的立足点。次句写诗人欣赏景物的心情。一个"新"字,让人觉得原来诗人本有无尽的旧愁,今日在此停泊,

39

诗中月

又生出更浓的新愁。这就奠定了全诗的抒情基调。第三句写江边的远景：诗人站在船头，极目远眺，旷野中远处的天空比近处的树林还要低。第四句写江中的近景：江水清澈，倒映在江中的月影，似乎更加靠近船上的诗人。这特殊的景象，只有立足于船上才能领略到。在这十分成功的对比描写中，表现了诗人含而不露的哀愁。全诗淡而有味，耐人咀嚼。

绝妙佳句

野旷天低树，江清月近人。

原文

岁暮归南山

北阙①休上书,南山归敝庐。

不才明主弃,多病故人疏。

白发催年老,青阳逼岁除②。

永怀愁不寐,松月夜窗虚③。

注释

①北阙:指帝宫。《汉书·高帝纪》注:"尚书奏事,谒见之徒,皆诣北阙。"

②"青阳"句:意谓新春将到,逼得旧年除去。青阳,指春天。

③虚:空寂。

赏析

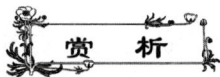

开元十六年(公元728年),40岁的孟浩然来到长安,欲在政治上有所作为,结果事与愿违。应进士举落第,使他大为苦恼,只好归隐。这首诗主要抒发诗人仕途失意的幽思。

开头两句写作者停止追求仕途,欲归隐南山。"休上书"是说不要向皇帝上书提出自己的政见和主张。作者一腔幽愤由此倾出。明乎此,"南山归敝庐"本非所愿,不得已也。诸般矛盾心绪,一语道出,读来自有余味。

三、四句具体回述失意的缘由。"不才明主弃",感情十分复杂,有反语的性质而又不尽是反语。诗人自幼抱负非凡,志向远大,说"不才"既是谦词,又兼含了怀才不遇的感慨。而这个不识"才"的不是别人,正是"明主"。可见,"明"也是"不明"的微词,带有埋怨意味的。此外,"明主"这一谀词,也确实含有谀美的用意,反映他求仕之心尚未灭绝,还希望皇上见用。这一句,写得有怨悱,有自怜,有哀伤,也有恳请,感情相当复杂。而"多病故人疏"比上句更为委婉深致,一波三折:本是怨"故人"不予引荐或引荐不力,而诗人却说是因为自己"多病"而疏远了故人,这是一层;古代,"穷""病"相通,借"多病"说"途穷",自见对世态炎凉之怨,这又是一层;说因"故人疏"而不能使明主明察自己,这又是一层。这三层含义,最后一层才是主旨。

求仕情切,宦途渺茫,鬓发已白,功名未就,诗人怎能不忧虑焦急!五、六句就是这种心境的写照。"白发""青阳"本是无情物,缀以"催""逼"二字,恰切地表现诗人不愿以白衣终老此生而又无可奈何的复杂感情。

也正是由于诗人陷入了不可排解的苦闷之中,才使他"永怀愁不寐",写出了思绪萦绕、焦虑难堪之情态。"松月夜窗虚",更是匠心独运,它把前面的意思放开,却正衬出了怨愤的难解。看似写景,实是抒情:一则补充了上句中的"不寐",再则情景交融,余味无穷,那迷蒙空寂的夜景,与内心落寞惆怅的心绪是何等相似!"虚"字更是语涉双关,把院落的空虚、静夜的空虚、仕途的空虚、心绪的空虚包容无余。

绝妙佳句

不才明主弃,多病故人疏。

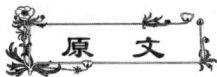
夜归鹿门①山歌

山寺鸣钟昼已昏,渔梁②渡头争渡喧。

人随沙岸向江村,余亦乘舟归鹿门。

鹿门月照开烟树③,忽到庞公④栖隐处。

岩扉松径⑤长寂寥,惟有幽人⑥夜来去。

诗中月

43

①鹿门:山名,在今湖北襄阳东南三十里。孟浩然曾长期在此隐居。

②渔梁:沙洲名,在鹿门山的沔水中。

③开烟树:鹿门山上的树被暮色笼罩,看不分明,在月光照耀下重新显现出来。

④庞公:即庞德公,汉末隐士。

⑤岩扉松径:岩壁当门,松林夹路。

⑥幽人:隐者,此是诗人自己。

这是歌咏归隐情怀志趣的诗。

开头两句写夜归路上的见闻:山寺传来黄昏报钟,渡口喧闹争渡,两相对照,静喧不同。三、四句写诗人返家,自去鹿门,殊途异志,表明诗人的怡然自得。五、六句写夜登鹿门山,来到庞德公栖隐处,感受到隐逸之妙处。最后两句写隐居鹿门山,心慕先辈。

全诗虽歌咏归隐的清闲淡素,但对尘世的热闹仍不能忘情,表达了隐居乃迫于无奈的情怀。感情真挚飘逸,于平淡中见其优美、真实。

绝妙佳句

岩扉松径长寂寥,惟有幽人夜来去。

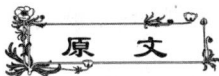
宿桐庐江寄广陵旧游①

山暝听猿愁，沧江急夜流。

风鸣两岸叶，月照一孤舟。

建德非吾土，维扬②忆旧游。

还将两行泪，遥寄海西头③。

诗中月

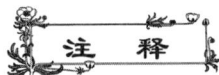
①广陵：今江苏扬州。旧游：即故交。

②维扬：即扬州。

③海西头：扬州近海，所以说是海西头。

　　这首诗是作者离开长安东游时，怀念扬州（即广陵）友人之作。在意境上显得清寂或清峭，情绪上则带着比较重的孤独感。

　　首句写日暮、山深、猿啼。诗人伫立而听，感觉猿啼似乎声声都带着愁情。环境的清寥、情绪的黯淡，于一开始就显露了出来。次句沧江夜流，本来已给舟宿之人一种不平静的感受，再加上一个"急"字，这种不平静的感情，便简直要激荡起来了，它似乎无法控制，而像江水一样急于寻找它的归宿。接着三、四句语势趋向自然平缓了。但风不是徐吹轻拂,而是吹得树叶发出鸣声,其急也应该是如同江水的。有月,照说也还是一种慰藉,但月光所照,唯沧江中之一叶孤舟,诗人的孤寂感,就更加要被触动得厉害了。如果将后两句和前两句联系起来,则可以进一步想象风声伴着猿声是作用于听觉的,月涌江流不仅作用于视觉,同时还必然有置身于舟上的动荡不定之感。这就构成了一个深远清峭的意境,而一种孤独感和情绪的动荡不宁,都蕴含其中了。

诗人何以在宿桐庐江时有这样的感受呢?"建德非吾土,维扬忆旧游。"按照诗人的诉说,一方面是因为此地不是自己的故乡,心里涌起独客异乡的惆怅;另一方面,是怀念扬州的老朋友。这种思乡怀友的情绪,在眼前这特定的环境下,相当强烈,不由得潜然泪下。他幻想凭着沧江夜流,把自己的两行热泪带向大海,带给在大海西头的扬州旧友。

全诗写景如画,抒情婉至,结构严整,语言精切。

绝妙佳句

风鸣两岸叶,月照一孤舟。

作者简介

王昌龄（约公元 698—756 年），字少伯，京兆长安（今陕西省西安市）人，盛唐诗人。开元十五年（公元 727 年）中进士，补秘书省校书郎，调汜水尉。后遭谪岭南。开元二十八年（公元 740 年）为江宁县丞。天宝七年（公元 748 年）又贬为龙标尉。安史之乱爆发，他返回江宁，被亳州刺史闾丘晓杀害。

王昌龄作诗擅长七绝，故被人称为"七绝圣手"。其绝句长于抒情，善于心理刻画，能以典型的情景、精炼的语言、极短的篇幅概括丰富的社会内容，不少成为当时乐府歌词中的绝唱。

出 塞

秦时明月汉时关①,万里长征人未还。

但使②龙城飞将③在,不教胡马④度阴山⑤。

注 释

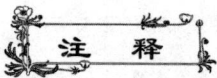

①秦时明月汉时关:即秦汉时的明月,秦汉时的关塞。意思是说,在漫长的边防线上,一直没有停止过战争。

②但使:只要。

③龙城飞将:指汉朝名将李广。南侵的匈奴惧怕他,称他为"飞将军"。这里泛指英勇善战的将领。

④胡马:指侵扰内地的外族骑兵。

⑤阴山:在今内蒙古自治区,古代常凭借它来抵御匈奴的南侵。

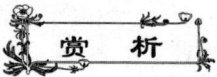

赏 析

这是一首著名的边塞诗,曾被明代诗人李攀龙誉为唐人七绝的压卷之作。此诗悲壮而不凄凉,慷慨而不浅露,表现了诗人希望朝廷起用良将,早日平息边塞战事,使人民过着安定生活的美好心愿。

诗人从写景入手,首句勾勒出一幅冷月照边关的苍凉景象。"秦时明

月汉时关"不能理解为秦时的明月汉代的关。这里是秦、汉、关、月四字交错使用,在修辞上叫"互文见义",意思是秦汉时的明月,秦汉时的关。诗人暗示,这里的战事自秦汉以来一直未间歇过,突出了时间的久远。次句"万里长征人未还"既叙事又抒情。"万里"指边塞和内地相距万里,虽属虚指,却突出了空间辽阔。"人未还"使人联想到战争给人带来的灾难,表达了诗人悲愤的情感。

　　既然战争造成了人民共同的悲剧。那么,怎样来制止、结束这个悲剧呢？诗人在三、四句做出了正确的回答。他为久戍的士卒发出呼吁,希望有像飞将军李广那样的名将来率领广大士卒打败敌人,夺取胜利,使敌人从此不敢再来侵犯,洋溢着爱国激情和民族自豪感。同时,这两句又语带讽刺,表现了诗人对朝廷用人不当和将帅腐败无能的不满。有弦外之音,耐人寻味。

绝妙佳句

　　秦时明月汉时关,万里长征人未还。

作者简介

　　王维(公元701—761年),字摩诘,太原祁人。开元九年(公元721年)进士,任太乐丞,后被贬济州司仓参军。张九龄做宰相时,被提拔为右拾遗,转监察御史。安史之乱中,为叛军所俘,授以伪职。长安、洛阳收复后,被降职为太子中允,后升为尚书右丞。

　　王维擅长各种诗体,尤其以五言律诗和绝句著称。所写山水田园诗,数量多,艺术成就高,最能代表他的艺术风格。其山水田园诗,作物精细,状写传神,色彩鲜明如画,语言清新凝练,含蓄生动。除诗作优美外,王维还擅长作画,为当时著名画手。宋代大文豪苏轼《书摩诘蓝田烟雨图》称赞道:"味摩诘之诗,诗中有画;观摩诘之画,画中有诗。"

山居①秋暝②

空山③新雨后④，天气晚来秋⑤。

明月松间照，清泉石上流。

竹喧⑥归浣女⑦，莲动下渔舟⑧。

随意春芳⑨歇⑩，王孙⑪自可留。

诗中月

注 释

①山居：山中的住所，即指作者隐居的辋（wǎng）川别墅。

②秋暝（míng）：秋天的傍晚。

③空山：寂静的山林。

④新雨后：刚下过雨过后。

⑤晚来秋：是说新雨过后，晚风吹拂，秋意更凉。

⑥竹喧：指竹林中的笑语喧哗。

⑦浣女：洗衣服的女子。

⑧下渔舟：指渔舟下水。

⑨春芳：指春天芳菲美景。

⑩歇：消歇。

⑪王孙：原指贵族子弟，这里是泛指山居的人。

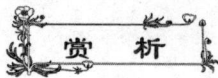

　　这是一首脍炙人口的山水诗作,表现了诗人高洁的情怀和对理想境界的追求。

　　"空山新雨后,天气晚来秋。"山雨初霁,万物为之一新,又是初秋的傍晚,空气清新,景色美妙。这两句紧扣诗题,交代了时间、地点、季节。"空山"二字点出此处有如世外桃源。

　　"明月松间照,清泉石上流。"天色已暝,却有皓月当空;群芳已谢,却有青松如盖。山泉清冽,淙淙流泻于山石之上,有如一条洁白无瑕的素练,在月光下闪闪发光,多么幽清明净的自然美啊!这月下青松和石上清泉,不正是诗人所追求的理想境界吗?这两句写景如画,随意挥洒,毫不着力。像这样又动人又自然的写景,达到了艺术上炉火纯青的地步,非一般人所能学到。

　　"竹喧归浣女,莲动下渔舟。"竹林里传来了一阵阵的歌声笑语,那是一些天真无邪的姑娘们洗完衣服笑逐着归来了;亭亭玉立的荷叶纷纷向两旁披分,掀翻了无数珍珠般晶莹的水珠,那是顺流而下的渔舟划破了荷塘月色的宁静。在这青松明月之下,在这翠竹青莲之中,生活着这样一群无忧无虑、勤劳善良的人们。这纯洁美好的生活图景,反映了诗人过安静淳朴生活的理想,同时也从反面衬托出他对污浊官场的厌恶。这两句写得很有技巧,而用笔不露痕迹,使人不觉其巧。诗人先写"竹喧""莲动",因为浣女隐在竹林之中,渔舟被莲叶遮蔽,起初未见,等到听到竹林喧声,看到莲叶纷披,才发现浣女、莲舟。这样写更富有真情实感,更富有诗意。

　　既然诗人是那样地高洁,而他在那貌似"空山"之中又找到了一个称心的世外桃源,所以就情不自禁地说:"随意春芳歇,王孙自可留。"诗人觉得"山中"比"朝中"好,洁净淳朴,可以远离官场而洁身自好,所以就决然归

隐了。

　　以自然美来表现诗人的人格美和一种理想中的社会之美,是这首诗一个重要的艺术手法。表面看来,这首诗只是用"赋"的方法写山水,对景物作细致感人的刻画,实际上通篇都是比兴。诗人通过对山水的描绘寄情言志,涵蕴丰富,耐人寻味。

绝妙佳句

　　明月松间照,清泉石上流。

竹里馆

独坐幽篁①里,弹琴复长啸②。

深林人不知,明月来相照。

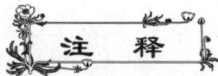

注 释

①幽篁(huáng):深密的竹林。篁,竹林。

②长啸:撮口出声叫啸。啸声清越而舒长,所以叫长啸。

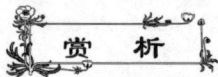

赏 析

这是一首写隐者闲适生活情趣的诗。诗的用字造语、写景写人都极平淡无奇。然而它的妙处也就在于以自然平淡的笔调,描绘出清新诱人的月夜幽林的意境,融情景为一体,蕴含着一种特殊的美的艺术魅力。

前两句写诗人独自一人坐在幽深茂密的竹林之中,一边弹着琴弦,一边又发出长长的啸声。其实,不论"弹琴"还是"长啸",都体现出诗人高雅闲淡、超拔脱俗的气质,而这却是不容易引起别人共鸣的。所以后两句说:"深林人不知,明月来相照。"意思是说,自己僻居深林之中,也并不为此感到孤独,因为那一轮皎洁的月亮还在时时照耀自己。这里使用了拟人化的手法,把倾洒着银辉的一轮明月当成心心相印的知己朋友,显示出诗人新

颖而独到的想象力。

　　全诗的格调幽静闲远,仿佛诗人的心境与自然的景致全部融为一体了。

绝妙佳句

　　深林人不知,明月来相照。

诗中月

作者简介

李白(公元 701—762 年),字太白,号青莲居士。祖籍陇西成纪(今甘肃天水),先辈在隋末迁逃西域,他出生在唐安西大都护府碎叶城(今巴尔喀什湖南面的楚河流域)的一个富商家庭。5 岁时举家迁回内地,住在绵州昌隆县青莲乡(今四川江油)。李白幼年聪颖勤奋,博览群书,喜欢剑术。25 岁时怀着建功立业的理想出川,漫游了长江、黄河流域的许多地方。唐玄宗天宝元年,李白应诏入京,任翰林供奉,声名倾动京师。不久被谤受谗,离开长安,再度漫游。安史之乱爆发,出于爱国热情,参加永王璘幕府。李璘失败后,李白受到牵连,被关进浔阳监狱,后流放夜郎,中途遇救。晚年飘泊东南一带,病死在当涂县令、族叔李阳冰家中。

李白是继屈原之后我国最伟大的浪漫主义诗人。一生写了大量诗歌,现存 900 多首,其中包括《蜀道难》《行路难》《将进酒》等许多脍炙人口的名篇佳作。有《李太白集》。

文学常识丛书

静夜思①

床前明月光,疑②是地上霜。

举头望明月,低头思故乡。

①静夜思:在静静的夜晚所引起的思念。

②疑:怀疑,以为。

诗中月

这是一首抒发思乡之情的诗,诗以明白如话的语言雕琢出明静醉人的秋夜的意境。它不追求想象的新颖奇特,也摒弃了辞藻的精工华美;它以清新朴素的笔触,抒写了丰富深曲的内容。

诗的开头"床前明月光"是平白的叙事,夜深人静,万籁俱寂,只有床前那皎洁的月光。接下去的"疑是地上霜"是诗人在特定环境中一刹那间所产生的错觉。为什么会有这样的错觉呢? 不难想象,这两句所描写的是诗人深夜不能成眠、短梦初回的情景。这时庭院是寂寥的,透过窗户的皎洁月光射到床前,带来了冷森森的秋宵寒意。诗人朦胧地乍一望去,在迷离恍惚的心情中,真好像是地上铺了一层白皑皑的浓霜;可是再定神一看,周

围的环境告诉他,这不是霜痕而是月色。月色不免吸引着他抬头一看,一轮娟娟的圆月正挂在窗前。这时,他完全清醒了。凝望着月亮,诗人思绪万千,想起了故乡的一切,想到了家里的亲人。想着,想着,头渐渐地低了下去,完全浸入沉思之中。

从"疑"到"举头",从"举头"到"低头",形象地揭示了诗人内心活动,鲜明地勾勒出一幅生动形象的月夜思乡图。

绝妙佳句

举头望明月,低头思故乡。

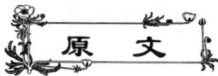

峨眉山①月歌

峨眉山月半轮秋,影入平羌②江水流。
夜发清溪③向三峡,思君不见下渝州④。

注 释

①峨眉山:在今四川峨眉县西南。

②平羌(qiāng):江名,即今青衣江,源出于四川芦山县,流至乐山县入岷江。

③清溪:指清溪驿,在四川犍(qián)为县峨眉山附近。

④渝州:今重庆一带。

赏 析

这首诗是诗人初离蜀地、辞亲远游时所作,意境明朗,语言浅近,音韵流畅。

诗从"峨眉山月"写起,点出了远游的时令是在秋天。"秋"字因入韵关系倒置句末。秋高气爽,月色特明。以"秋"字又形容月色之美,信手拈来,自然入妙。月只"半轮",使人联想到青山吐月的优美意境。次句"影"指月影,"入"和"流"两个动词构成连动式谓语,意言月影映入平羌江水中,又随

江水流去。此句不仅写出了月映清江的美景,同时暗点秋夜行船之事。意境可谓空灵入妙。

次句境中有人,第三句中人已露面:他正连夜从清溪驿出发进入岷江,向三峡驶去。诗人初离乡土,对故人不免恋恋不舍。江行见月,如见故人。然明月毕竟不是故人,于是只能"仰头看明月,寄情千里光"了。末句"思君不见下渝州"依依惜别的无限情思,可谓语短情长。

峨眉山——平羌江——清溪——渝州——三峡,诗境就这样渐次为读者展开了一幅千里蜀江行旅图。除"峨眉山月"而外,诗中几乎没有更具体的景物描写;除"思君"二字,也没有更多的抒情。然而"峨眉山月"这一集中的艺术形象贯串整个诗境,成为诗情的触媒。由它引发的意蕴相当丰富:山月与人万里相随,夜夜可见,使"思君不见"的感慨愈加深沉。明月可亲而不可近,可望而不可接,更是思友之情的象征。凡咏月处,皆抒发江行思友之情,令人陶醉。

绝妙佳句

峨眉山月半轮秋,影入平羌江水流。

原文

诗中月

关山月^①

明月出天山^②,苍茫云海间。

长风几万里,吹度玉门关^③。

汉下白登^④道,胡窥青海^⑤湾。

由来征战地,不见有人还。

戍客^⑥望边色,思归多苦颜。

高楼^⑦当此夜,叹息未应闲。

注释

①关山月:属乐府"鼓角横吹"曲,多写离别的哀伤。

②天山:祁连山,位于甘肃省西北部。匈奴语呼天为"祁连",故祁连山亦称天山。

③玉门关:为古时通往西域的要道,故址在今甘肃省敦煌市西北。此处泛指西北边地。

④下:出兵。白登:山名,在今山西省大同市东。据《史记·匈奴列传》记载,汉高祖刘邦曾在白登山附近与匈奴作战,被围困七日。

⑤窥:窥伺,侵扰。青海:湖名,在今青海省东北部,唐军在此曾多次与吐蕃交战。

⑥戍客:指戍边将士。

⑦高楼:戍边将士妻室的居所。

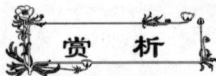

这首诗描写的是征人思妇之怨。通过边关将士望月怀乡,思念家人,反映了战争给人民带来的痛苦。

开头四句以明月起兴,描写西北边地寥廓高远的景色,暗含两地相思之情。一轮明月从东方升起,戍守在天山之西的征人回首东望,只见明月从天山背后涌出,在苍茫浑厚的云海中浮动着。在戍边将士看来,这轮明月应是被浩浩长风从几万里远的中原吹到玉门关外来的吧!诗人仅用二十字,便展现出一幅包含关、山、月在内的万里边塞月夜图。月亮本是团圆和美满的象征。在如此阔大的空间背景衬托下,诗人着意刻画边关将士望月的情景,其中所蕴含的两地相思之情便显得格外深沉凝重。

中间四句叙述古今战事,揭示出征人思妇离别之苦的根由所在。早在西汉,汉高祖刘邦出兵与匈奴作战,就曾在白登山附近被被围困七日;而今的青海湖边,也是唐军与吐蕃连年征战之地。这种无休止的战争,使得古往今来的出征将士几乎没有能生还故乡的。诗人放眼历代的边境民族冲突,揭示出人类为此所付出的惨重代价,在深沉的历史反思中,流露出对戍边将士及其亲人的不幸命运的深切同情,眼界开阔,胸怀博大。在结构上,此四句承上启下,描写对象由边塞景色过渡到战争,由战争过渡到征人。

结尾四句,从征人的角度直抒两地月夜相思之情。出征将士们凝望着边地的景色,思乡之情不可遏制,脸上堆满愁苦的表情;他们推想自家闺楼上的妻子,在这个宁静的月夜也应是辗转难眠,不住地叹息。"望边色"三字,将前面所描绘的万里边塞图与"戍客"紧密地联系起来,两地相思,共瞻明月,征人们推想家中的妻子在思念自己,正衬托出自己对家人的思念之

文学常识丛书

深。诗人采用对面落笔的手法,抒情含蓄凄婉,感情深挚缠绵。

　　全诗境界阔大雄浑,富于磅礴的气势。四句写景,四句叙事,四句抒情,情、景、事相融会,整饬中不乏章法的变化。诗人继承了汉魏乐府感于哀乐、缘事而发的优良传统,借古题写当代战事,将征人思妇的相思之情置于深远壮阔的时空背景之下,不但具有鲜明的时代特征,而且其风格也是以往同类题材中所少有的。尤其是首四句,诗人将高悬的明月与雄伟磅礴的天山、浩渺苍茫的云海融为一体,在高远中寓有飞动之势,境界苍莽雄壮,显示出他人难以企及的笔力和气魄。

绝妙佳句

　　明月出天山,苍茫云海间。

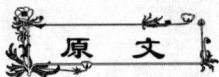

子夜吴歌

长安①一片月，万户捣衣②声。

秋风吹不尽，总是玉关情。

何日平胡虏③，良人④罢⑤远征？

①长安：今陕西西安市。

②捣衣：洗衣时将衣服放在砧(zhēn)石上，用棒敲打。

③平胡虏：平定侵扰边塞的敌人。

④良人：指丈夫。

⑤罢：结束。

文学常识丛书

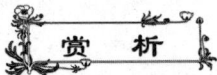

《子夜吴歌》是六朝时南方著名的情歌，多写少女热烈深挚地忆念情人的思想感情，表现非常真诚缠绵，李白正是掌握住了这种表达感情的特点，在此诗中成功地描写了闺中思妇那种难以驱遣的愁思。

"长安"两句写景，为抒情营造环境气氛。皎洁的月光照射着长安城，出现一片银白色的世界，这时随着飒飒秋风，传来此起彼伏的捣衣声。捣

衣蕴含着思妇对征人的诚挚情意。"秋风"两句承上而正面抒情。思妇的深沉无尽的情思,阵阵秋风不仅吹拂不掉,反而勾起她对远方丈夫的忆念,更增加她的愁怀。"不尽"既是秋风阵阵,也是情思的悠长不断。这不断的情思又总是飞向远方,是那样执着,一往情深。最后两句思妇直接倾诉自己的愿望,希望丈夫早日安定边疆,返回家园和亲人团聚,过和平安定的生活,表现了诗人对劳动妇女的同情。

绝妙佳句

秋风吹不尽,总是玉关情。

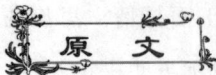

渡荆门①送别

渡远荆门外,来从楚国游。

山随平野尽,江入大荒流。

月下飞天镜,云生结海楼②。

仍怜故乡水③,万里送行舟。

注释

①荆门:山名,在今湖北省宜都市西北。

②海楼:海市蜃楼。

③故乡水:指长江,李白早年住在四川,故有此言。

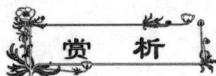赏析

这是一首著名的描绘祖国壮丽河山的诗篇。抒写诗人辞亲远游、仗剑出蜀的见闻和感受。全诗一气呵成,格调轻快。

"渡远荆门外,来从楚国游",交代诗人的行程和目的地。青年李白这次出蜀,由水路乘船远行,经巴渝,出三峡,直向荆门山之外驶去,目的是到湖北、湖南一带楚国故地游览。

"山随平野尽",形象地描绘了船出三峡、渡过荆门山后长江两岸的特

有景色:山逐渐消失了,眼前是一望无际的平坦的原野。它好比用电影镜头摄下的一组活动画面,给人以流动感与空间感,将静止的山岭摹状出活动的趋向来。"江入大荒流",写出江水奔腾直泻的气势,从荆门往远处望去,仿佛流入荒漠辽远的原野,显得天空寥廓,境界高远。后句着一"入"字,力透纸背,用语贴切。景中藏着诗人喜悦开朗的心情和青春的蓬勃朝气。

"月下飞天镜,云生结海楼",以水中月明如圆镜反衬江水的平静,以天上云彩构成海市蜃楼衬托江岸的辽阔、天空的高远,艺术效果十分强烈。面对如此壮美的景色,诗人豪情万丈,充满喜悦。这里的山和水,都富有强烈的感情色彩,它不仅表现了大自然的壮丽多姿,也反映了诗人从蜀地初到平原的愉快心情和开阔的胸襟。

"仍怜故乡水,万里送行舟",紧扣"送别"的诗题,与开头两句写诗人离蜀远游的诗意遥相呼应。李白从"五岁诵六甲"起,直至二十五岁远渡荆门,都是在蜀度过的,对蜀地的山山水水怀有深厚的感情,江水流过的蜀地也就是曾经养育过他的故乡,初次离别,他怎能不无限留恋、依依难舍呢?但诗人不说自己思念故乡,而说故乡之水恋恋不舍一路护送,万里相随,形离不离。采用这种拟人化的手法,比直抒离乡之情,显得更曲折含蓄,更有诗味和情趣。

此诗意境高远,风格雄健,形象奇伟,想象瑰丽。全诗以小见大,以一当十,容量丰富,囊括长江中游数万里河山景色,汇入诗篇,具有高度集中的艺术概括力。

绝妙佳句

山随平野尽,江入大荒流。

长门①怨二首

天回北斗挂西楼,金屋②无人萤火流。

月光欲到长门殿,别作深宫一段愁。

桂殿长愁不记春,黄金四屋起秋尘。

夜悬明镜青天上,独照长门宫里人。

注释

①长门:即长门宫,汉宫名。

②金屋:给所宠爱的女人居住的华丽房子。

赏析

《长门怨》是一个古乐府诗题。据《乐府解题》记述:"《长门怨》者,为陈皇后作也。后退居长门宫,愁闷悲思。……相如为作《长门赋》。……后人因其《赋》而为《长门怨》。"陈皇后,小名阿娇,是汉武帝皇后。李白的这两首诗是借这一旧题来泛写宫人的愁怨。两首诗表达的是同一主题,分别来看,运思、布局各不相同,合起来看,又有珠联璧合之妙。

第一首,通篇写景,不见人物。而景中之情,浮现纸上;画外之人,呼之欲出。

诗的前两句"天回北斗挂西楼,金屋无人萤火流",点出时间是午夜,季节是凉秋,地点则是一座空旷寂寥的冷宫。两句中,上句着一"挂"字,下句着一"流"字,给人以异常凄凉之感。

诗的后两句"月光欲到长门殿,别作深宫一段愁",点出题意,巧妙地通过月光引出愁思。本是宫人见月生愁,或是月光照到愁人,但这两句诗却不让人物出场,把愁说成是月光所"作",运笔空灵,设想奇特。前一句妙在"欲到"两字,似乎月光自由运行天上,有意到此作愁;如果说"照到"或"已到",就成了寻常语言,变得索然无味了。后一句妙在"别作"两字,其中含意,耐人寻思。它的言外之意是:深宫之中,愁深似海,月光照处,遍地皆愁,到长门殿,只是"别作"一段愁而已。

从整首诗看,呈现在读者面前的是一幅以斗柄横斜为远景,以空屋流萤为近景的月夜深宫图。境界是这样阴森冷寂,读者不必看到居住其中的人,而其人处境之苦、愁思之深已经可想而知了。

第二首诗,着重言情。通篇是以我观物,缘情写景,使景物都染上极其浓厚的感情色彩。上首到结尾处才写到"愁",这首一开头就揭出"愁"字,说明下面所写的一切都是愁人眼中所见、心中所感。

诗的首句"桂殿长愁不记春",不仅揭出"愁"字,而且这个愁是"长愁",也就是说,诗中人并非因当前秋夜的凄凉景色才引起愁思,乃是长年都在愁怨之中,即使春临大地,万象更新,也丝毫不能减轻这种愁怨;而由于愁怨难遣,她是感受不到春天的,甚至在她的记忆中已经没有春天了。诗的第二句"黄金四屋起秋尘",与前首诗第二句遥相绾合。因为"金屋无人",所以"黄金四屋"生尘;因是"萤火流"的季节,所以是"起秋尘"。下面三、四两句"夜悬明镜青天上,独照长门宫里人",又与前首诗三、四两句遥相呼应。前首诗写月光欲到长门,是将到未到;这里则写明月高悬中天,已经照到长门,并让读者最后在月光下看到了"长门宫里人"。

这位"长门宫里人"对季节、对环境、对月光的感受,都是与众不同的。春季年年来临,而说"不记春",似乎春天久已不到人间;屋中的尘土是不属于任何季节的,而说"起秋尘",给了尘土以萧瑟的季节感;明月高悬天上,是普照众生的,而说"独照",仿佛"月之有意相苦"(唐汝询《唐诗解》)。这些都是贺裳在《皱水轩词筌》中所说的"无理而妙",以见伤心人别有怀抱。整首诗采用的是深一层的写法。

这两首诗虽然以"长门怨"为题,却并不拘泥于陈皇后的故事。诗中展现的,是在人间地狱的深宫中过着孤寂凄凉生活的广大宫人的悲惨景况,揭开的是冷酷的封建制度的一角。

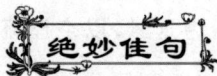

绝妙佳句

月光欲到长门殿,别作深宫一段愁。

东鲁门①泛舟二首(其一)

日落沙明天倒开②,波摇石动水萦回。

轻舟泛月③寻④溪转,疑是山阴⑤雪后来。

①东鲁门:在兖州(今山东曲阜、兖州一带)城东。

②天倒开:指天空倒映在水中。

③泛月:月下泛舟。

④寻:这里是沿、随的意思。

⑤山阴:今浙江绍兴。

这首诗是作者寓居东鲁时所作。诗中写的是月下泛舟的情景。

"日落沙明天倒开"一句写景非常奇妙。常言"天开"往往与日出相关,把天开与日落联在一起,则闻所未闻。但它确乎写出一种实感:"日落"时回光返照的现象,使水中沙洲与天空的倒影分外眼明,给人以"天开"之感。这光景通过水中倒影来写,更是奇中有奇。此句从写景中已间接展示"泛舟"之事,又是很好的发端。

诗中月

71

"波摇石动水萦回。"按常理应该波摇石不动。而"波摇石动",同样来自弄水的实感。这是因为现实生活中人们观察事物时,往往会产生各种错觉。波浪的轻摇、水流的萦回,都可能造成"石动"的感觉。至于石的倒影更是摇荡不宁的。这样通过主观感受来写,一下子就抓住使人感到妙不可言的景象特征,与前句有共同的妙处。

月光映射水面,铺上一层粼粼的银光,船儿好像泛着月光而行。这使舟中人陶然心醉,忘怀一切,几乎没有目的地沿溪寻路,信流而行。"轻舟泛月寻溪转",这不仅是写景记事,也刻画了人物的精神状态。一个"轻"字,很好地表现了那种飘飘然的感觉。

到此三句均写景叙事,末句才归结到抒情。这里,诗人并未把感情和盘托出,却信手拈来一个著名故事,予以形容。事出《世说新语·任诞》,说的是东晋王徽之居山阴(今浙江绍兴)时,在一个明朗的雪夜,忽然思念住在剡地的好友戴逵,便连夜乘舟造访,隔了一宿才到达。王徽之到后,却不入见,反而掉过船头回去了。别人问他何以如此,他答道:"吾本乘兴而行,兴尽而返,何必见戴?""乘兴而行",正是李白泛舟时的心情。那时,他原未必有王徽之那走朋访友的打算,用访戴故事未必确切;然而,他那忘乎其形的豪兴,却与雪夜访戴的王徽之颇为神似,而那月夜与雪夜的境界也很神似。无怪乎诗人不禁糊涂起来,我是李太白呢,还是王徽之呢,一时自己也不甚了然了。一个"疑"字运用得极为传神。

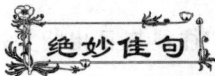

绝妙佳句

日落沙明天倒开,波摇石动水萦回。

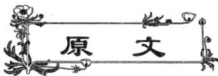

玉阶怨

玉阶生白露,夜久侵罗袜^①。
却下^②水晶帘,玲珑望秋月。

①罗袜:丝织的袜子。

②却下:放下。

这是一首宫怨诗。前两句写无言独立玉阶,以致冰凉的露水浸湿罗袜,主人公却还在痴痴等待。"玉阶"二字可以看出主人公居室之豪华,足穿罗袜,可见她的身份、仪态均与众不同。夜凉露重,罗袜知寒,不说人而已见人之幽怨如诉。

后两句写寒气袭人,主人公回房放下窗帘,却还在凝望秋月。"却下"二字,以虚字传神,最为诗家秘传。此一转折,似断实连;似欲一笔荡开,推却愁怨,实则经此一转,字少情多,直入幽微。"却下"看似无意下帘,而其中却有无限幽怨。本以夜深、怨深,无可奈何而入室。入室之后,却又怕隔窗明月照此室内幽独,因而下帘。帘既下矣,却更难消受此凄苦无眠之夜,

于更无可奈何之中去隔帘望月。"玲珑"二字,看似不经意之笔,实则极见工力。以月之玲珑,衬人之幽怨,从反处着笔,胜于正面描写。

全诗无一语正面写怨情,然而又似乎让人感到漫天愁思飘然而至,有幽邃深远之美。

绝妙佳句

却下水晶帘,玲珑望秋月。

宣州谢眺楼饯别校书叔云

弃我去者,昨日之日不可留;

乱我心者,今日之日多烦忧。

长风万里送秋雁,对此可以酣高楼。

蓬莱①文章建安骨②,中间小谢③又清发。

俱怀逸兴壮思飞,欲上青天览④明月。

抽刀断水水更流,举杯销愁愁更愁。

人生在世不称意,明朝散发弄扁舟⑤。

诗中月

注 释

①蓬莱:汉时称官廷著述藏书之所东观为道家蓬莱山,唐人用以代指秘书省。

②建安骨:指汉献帝建安年间,曹操父子和建安七子的作品风格刚健清新,被后世称为"建安风骨"。

③小谢:即谢眺,与其先辈谢灵运分称大、小谢。

④览:通"揽",摘取。

⑤散发弄扁舟:指避世隐居。

这是天宝末年李白在宣城期间饯别秘书省校书郎李云之作。谢朓楼是南齐著名诗人谢朓任宣城太守时所创建,又称北楼、谢公楼。

诗的发端既不写楼,更不叙别,而是陡起壁立,直抒郁结:以往的岁月已经弃我而去,无法挽留;如今的岁月却只能使人心烦意乱,忧心忡忡。这破空而来的发端、重叠复沓的语言,以及一气鼓荡、长达十一字的排比句式,生动宣泄了李白内心的忧愤。

三、四两句陡然一转,写秋高气爽、寥廓明净的天空,万里长风正吹送鸿雁远去,如此壮阔明朗的景色,使诗人不觉烦忧顿释,精神为之一振,"酣高楼"的豪情油然而生。

五、六两句又从胸中情转到眼前景。上句赞美李云的文章风格刚健,下句则以"小谢"自指,说自己的诗像谢朓那样,具有清新秀发的风格。李白非常推崇谢朓,这里自比小谢,正流露出对自己才能的自信。这两句自然地关合了题目中的谢朓楼和校书。

七、八两句就"酣高楼"进一步渲染双方的意兴,说彼此都怀有豪情逸兴、雄心壮志,酒酣兴发,更是飘然欲飞,想登上青天摘取明月。这两句笔酣墨饱,淋漓尽致,把面对"长风万里送秋雁"的境界所激起的昂扬情绪推向最高潮。

然而诗人的精神尽管可以在理想的王国里飞升,诗人的身体却无法离开污浊昏乱的尘世。而当他从幻想中回到现实,就更加强烈地感到理想与现实的不可调和,从而更加重了内心的烦忧苦闷。"抽刀断水水更流,举杯销愁愁更愁",这一落千丈的情感转折,正是理想与现实巨大反差所造成的必然。最后两句是说理想与现实的矛盾,使诗人陷于"不称意"的苦闷之中,遂产生归隐之心,表达了他为坚持自己理想,保持人格清白,

誓不与昏乱现实妥协的决心。

　　全诗感情瞬息万变、波澜迭起,结构腾挪跌宕、跳跃发展,语言清新自然、雄奇奔放。

绝妙佳句

　　抽刀断水水更流,举杯销愁愁更愁。

诗中月

作者简介

刘长卿（公元 709—约 780 年），字文房，河间（今河北省河间）人。开元二十一年（公元 733 年）进士。至德中，为监察御史。以检校祠部员外郎为转运使判官，知淮南鄂岳转运留后。因鄂岳观察使吴仲孺诬奏，贬睦州司马。官终随州刺史。

其诗多写身世之叹和山水隐逸的闲情逸致。文笔简淡，意趣闲远，形成冲淡洗炼之风格。专工近体，尤善五律，曾自诩为"五言长城"。

江州重别薛六柳八二员外

生涯岂料承优诏①,世事空知学醉歌。

江上月明胡雁②过,淮南木落楚山多。

寄身且喜沧洲③近,顾影无如④白发何。

今日龙钟人共老,愧君犹遣慎风波。

诗中月

注　释

①优诏:予以优待的诏书。意指贬官后又被召回朝廷。

②胡雁:北雁。

③沧洲:依山傍水的地方,常用以称隐士的居处。

④无如:无奈。

赏　析

作者一生中两次遭贬。这首诗是他第二次贬往南巴(今属广东)经过江州与薛、柳二位友人话别时写的。

诗一开始就用反语以示讽意。诗人虽遭贬谪,却说"承优诏",貌似温和,实极愤激。遭贬谪之日,正是北雁飞返、淮南木叶凋尽之时,尤足以使贬谪之人伤怀。"寄身且喜沧洲近"是饱含悲辛的自我宽慰;"顾影无如白

发何"直抒胸臆。沧洲虽好,无奈自己年事已高,长途跋涉,生死未卜,怨愤之情溢于言表。末尾两句才写与薛、柳之别。一方面叹老,一方面感谢友人的关照。"慎风波"三字,语意双关,既指旅途风波,又喻政治环境险恶,显得意味深长。

纵观全诗,诗人满腹怨愤,写景抒情笔调低沉。

绝妙佳句

江上月明胡雁过,淮南木落楚山多。

作者简介

　　杜甫(公元 712—770 年),字子美,盛唐大诗人。原籍湖北襄阳,生于河南巩县。初唐诗人杜审言之孙。唐肃宗时,官左拾遗。后入蜀,友人严武推荐他做剑南节度府参谋,加检校工部员外郎。因而后世又称他为"杜拾遗""杜工部"。

　　杜甫的诗内容极其广泛深刻,全面反映了唐朝社会从繁荣走向衰败的过程,赢得了"史诗"的称誉。他的诗题材多样,富于变化,风格深沉抑郁,语言抑扬顿挫,耐人寻味,达到了炉火纯青的程度。杜甫被后人尊称为"诗圣"。有《杜工部集》。

月夜忆舍弟①

戍鼓②断人行,秋边③一雁声。

露从今夜白,月是故乡明。

有弟皆分散,无家问死生。

寄书④长不达⑤,况乃⑥未休兵⑦。

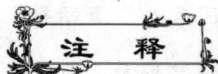

注 释

①舍弟:古人用以对人谦称自己的弟弟。

②戍鼓:戍楼上的更鼓。

③秋边:一作"边秋",秋天的边地。

④寄书:寄信。

⑤长不达:常常寄不到。

⑥况乃:何况是。

⑦未休兵:没有停止战争。

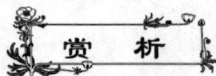

赏 析

这首诗是乾元二年(公元759年)秋杜甫在秦州所作。这年九月,史思明从范阳引兵南下,攻陷汴州,西进洛阳,山东、河南都处于战乱之中。当

时,杜甫的几个弟弟正分散在这一带,由于战事阻隔,音信不通,引起他强烈的忧虑和思念。《月夜忆舍弟》即是他当时思想感情的真实记录。

诗人下笔不从"月夜"写起,而是首先描绘了一幅边塞秋天的图景:"戍鼓断人行,秋边一雁声。"沉重单调的更鼓和天边孤雁的叫声不仅没有带来一丝活气,反而使本来就荒凉不堪的边塞显得更加冷落沉寂。"断人行"点明社会环境,说明战事频仍、激烈,道路为之阻隔。两句诗渲染了浓重悲凉的气氛,这就是"月夜"的背景。

"露从今夜白",既写景,又点明时令。那是在白露节的夜晚,清露盈盈,令人顿生寒意。"月是故乡明",也是写景,却与上句略有不同。诗人所写的不完全是客观实景,而是融入了自己的主观感情。明明是普天之下共一轮明月,本无差别,偏要说故乡的月亮最明;明明是自己的心理幻觉,偏要说得那么肯定,不容置疑。然而,这种以幻作真的手法却并不使人觉得于情理不合,这是因为它极深刻地表现了诗人微妙的心理,突出了对故乡的感怀。

接着诗由望月转入抒情。诗人今遭逢离乱,又在这清冷的月夜,自然更是别有一番滋味在心头。在他的绵绵愁思中夹杂着生离死别的焦虑不安,语气也分外沉痛。"有弟皆分散,无家问死生",上句说弟兄离散,天各一方;下句说家已不存,生死未卜,写得伤心折肠,令人不忍卒读。这两句诗也概括了安史之乱中人民饱经忧患丧乱的普遍遭遇。

"寄书长不达,况乃未休兵",紧承五、六句进一步抒发内心的忧虑之情。亲人们四处流散,平时"寄书"尚且"长不达",更何况战事频仍,生死则更难预料。含蓄蕴藉,一结无限深情。

全诗层次井然,首尾照应,承转圆熟,结构严谨。

绝妙佳句

露从今夜白,月是故乡明。

月 夜

今夜鄜州①月,闺中②只独看。

遥怜③小儿女,未解忆长安④。

香雾云鬟⑤湿,清辉玉臂⑥寒。

何时倚虚幌⑦,双照泪痕干?

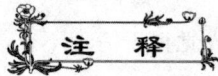

注 释

①鄜(fū)州:今陕西省富县。

②闺中:原意是指内室,这里即闺中的人,指妻子。

③怜:怜惜。

④未解:不懂得。忆长安:即想念在长安的父亲;小女儿不懂得母亲看月是在想念长安的丈夫。

⑤香雾:雾本来没有香气,因香气从涂有膏沐的云鬟中散发出为,所以说"香雾"。云鬟:指女子稠密而蓬松的头发。

⑥清辉:指月光。玉臂:像玉一样的洁白的手臂。

⑦倚:靠。虚幌:指闺中透明的帷幕,这里指窗帘。

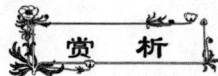

赏 析

天宝十五年(公元 756 年)六月,安史叛军攻进潼关,杜甫带着妻小逃

到鄜州（今陕西富县），寄居羌村。七月，肃宗即位于灵武（今属宁夏）。杜甫便于八月间离家北上延州（今陕西延安），企图赶到灵武，为平叛效力。但当时叛军势力已膨胀到鄜州以北，他启程不久，就被叛军捉住，送到沦陷后的长安；望月思家，写下了这首千古传诵的名作。

　　诗的开头不从作者自己方面落墨，而是写妻子对自己的处境如何焦心。所以悄焉动容，神驰千里，直写"今夜鄜州月，闺中只独看"。这已经透过一层。自己只身在外，当然是独自看月。妻子尚有儿女在旁，为什么也"独看"呢？"遥怜小儿女，未解忆长安"一联作了回答。妻子看月，并不是欣赏自然风光，而是"忆长安"，而小儿女未谙世事，还不懂得"忆长安"啊！用小儿女的"不解忆"反衬妻子的"忆"，突出了那个"独"字，又进一层。

　　接下去，诗通过妻子独自看月的形象描写，进一步表现"忆长安"。雾湿云鬟，月寒玉臂。望月愈久而忆念愈深，甚至会担心她的丈夫是否还活着，怎能不热泪盈眶？而这，又完全是作者想象中的情景。当想到妻子忧心忡忡，夜深不寐的时候，自己也不免伤心落泪。两地看月而各有泪痕，这就不能不激起结束这种痛苦生活的希望；于是以表现希望的诗句作结："何时倚虚幌，双照泪痕干？""双照"而泪痕始干，则"独看"而泪痕不干，也就意在言外了。

　　题为《月夜》，字字都从月色中照出，而以"独看""双照"为一诗之眼。"独看"是现实，却从对面着想，只写妻子"独看"鄜州之月而"忆长安"，而自己的"独看"长安之月而忆鄜州，已包含其中。"双照"兼包回忆与希望：感伤"今夜"的"独看"，回忆往日的同看，而把并倚"虚幌"、对月舒愁的希望寄托于不知"何时"的未来。词旨婉切，章法紧密。

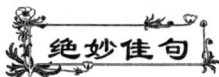

诗中月

85

绝妙佳句

　　香雾云鬟湿，清辉玉臂寒。

春宿左省①

花隐掖垣②暮,啾啾栖鸟过。

星临③万户动,月傍九霄多。

不寝听金钥④,因风想玉珂⑤。

明朝有封事⑥,数问夜如何?

文学常识丛书

注 释

①宿:值晚班。左省:即门下省,因在宫殿的左边,故称左省。杜甫任左拾遗属门下省。

②掖垣(yèyuán):门下省和中书省位于宫殿的两边,像人的两腋,故名。

③临:居高临下。

④金钥:指开宫门的锁钥声。

⑤玉珂(kē):即马勒上的装饰物。

⑥封事:臣下上书奏事,防有泄漏,用黑色袋子密封,故称。

赏 析

这首作于左拾遗任上,记叙了诗人诚敬值宿、夜不敢寐的实况,表现了他忠勤为国的思想。

起首两句描绘开始值夜时"左省"的景色。看来好似信手拈来,即景而写,实则章法谨严,很有讲究。首先它写了眼前景:在傍晚越来越暗下来的光线中,"左省"里开放的花朵隐约可见,天空中投林栖息的鸟儿飞鸣而过,描写自然真切,历历如绘。其次它还衬了诗中题:写花、写鸟是点"春";"花隐"的状态和"栖鸟"的鸣声是傍晚时的景致,是作者值宿开始时的所见所闻,和"宿"相关联;"掖垣"本意是"左掖"(即"左省")的矮墙,这里指门下省,交代值夜的所在地,扣"左省"。两句可谓字字点题,一丝不漏,很能见出作者的匠心。

三、四句由暮至夜,写夜中之景。前句说在夜空群星的照耀下,宫殿中的千门万户也似乎在闪动;后句说宫殿高入云霄,靠近月亮,仿佛照到的月光也特别多。这两句是写得很精彩的警句,对仗工整妥帖,描绘生动传神,不仅把星月映照下宫殿巍峨清丽的夜景活画出来了,并且寓含着帝居高远的颂圣味道,虚实结合,形神兼备,语意含蓄双关。其中"动"字和"多"字用得极好,被前人称为"句眼"。这两句既写景,又含情,在结构上是由写景到写情的过渡。

五、六句描写夜中值宿时的情况。诗人值夜时睡不着觉,仿佛听到了有人开宫门的锁钥声;风吹檐间铃铎,好像听到了百官骑马上朝的马铃响。这些都是想象之辞,深切地表现了诗人勤于国事,唯恐次晨耽误上朝的心情。在写法上不仅刻画心情很细致,而且构思新巧。这两句本来是进一步贴诗题中的"宿"字,可是诗人反用"不寝"两字,描写自己宿省时睡不着觉时的心理活动,另辟蹊径,独出机杼,显得词意深蕴,笔法空灵。

最后两句交代"不寝"的原因,继续写诗人宿省时的心情:第二天早朝要上封事,心绪不宁,所以好几次讯问宵夜时辰几何。后句化用《诗经·小雅·庭燎》中的诗句:"夜如何其?夜未央。"用在这里非常贴切自然,而加了"数问"二字,则更加重了诗人寝卧不安的程度。全诗至此戛然而止,便觉有一种悠悠不尽的韵味。

绝妙佳句

星临万户动,月傍九霄多。

文学常识丛书

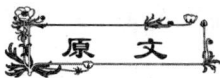

宿 府①

清秋幕府井梧寒,独宿江城蜡炬残。

永夜②角声悲自语,中天月色好谁看?

风尘荏苒③音书绝,关塞萧条行路难。

已忍伶俜④十年事,强移栖息一枝安⑤。

诗中月

注 释

①府:幕府。古代将军的府署。杜甫当时在严武幕府中。

②永夜:长夜。

③风尘荏苒:指战乱已久。荏苒,指时间推移。

④伶俜(pīng):流离失所。

⑤十年事:杜甫饱经丧乱,从天宝十四年安史之乱发生至今,正是十年。

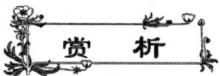

89

赏 析

这是诗人于广德二年(公元764年)在严武幕府中任节度参谋时所作的一首诗,抒发了对国事动乱的忧虑和自己飘泊流离的愁闷。

开头两句倒装。按顺序说,第二句应在前。其中的"独宿"二字,是一诗之眼。"独宿"幕府,眼睁睁地看着"蜡炬残",其夜不能寐的苦衷已见于言外。而第一句"清秋幕府井梧寒",则通过环境的"清""寒",烘托心境的悲凉。未写"独宿"而先写"独宿"的氛围、感受和心情,意在笔先,起势峻耸。

三、四句写"独宿"的所闻所见。诗人以顿挫的句法、吞吐的语气,活托出一个看月听角、独宿不寐的人物形象,恰切地表达了无人共语、沉郁悲抑的复杂心情。诚如方东树所指出:"景中有情,万古奇警。"

五、六句直抒"宿府"之情。"风尘"句紧承"永夜"句。"永夜角声",意味着战乱未息。那悲凉的、自言自语的"永夜角声",引起诗人许多感慨。"风尘荏苒音书绝",就是那许多感慨的中心内容。诗人时常想回到故乡洛阳,却由于"风尘荏苒",连故乡的音信都得不到。"关塞"句紧承"中天"句。诗人一个人在这凄清的幕府里长夜不眠,仰望中天明月,怎能不心事重重!"关塞萧条行路难",就是其中的一件心事。思家、忆弟之情有增无减,可是却没法子回到洛阳。

末尾两句照应开头二句。饱含辛酸的"伶俜十年事"都已经忍受过来了,如今自己为什么又要到这幕府里来忍受"井梧寒"呢?用"强移"二字,表明自己并不愿意"栖息一枝",而是严武拉来的。用一个"安"字,不过是自我解嘲。

绝妙佳句

　　永夜角声悲自语,中天月色好谁看?

作者简介

张继（生卒年不详），字懿孙，襄州（今湖北襄樊）人。天宝十二年（公元 753 年）进士。安史之乱时避居江南，大历年间曾任侍御史、检校祠部员外郎兼转运使判官，故世称"张祠部""张员外"。

张继的诗写景状物清新自然，意蕴深刻，富有韵味。诗风爽朗激越，丰姿清迥。有《张祠部诗集》一卷。

枫桥①夜泊②

月落乌啼霜满天,江枫③渔火④对愁眠⑤。
姑苏⑥城外寒山寺⑦,夜半钟声到客船。

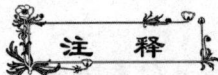

①枫桥:桥名,在今苏州城外。

②夜泊:夜间把船停靠在岸边。

③江枫:江边的枫树。

④渔火:渔船上的灯火。

⑤愁眠:船上的旅人怀着旅愁,难以入睡。

⑥姑苏:即苏州。

⑦寒山寺:在枫桥西一里,因唐初一个叫寒山的诗僧在这里住过而得名。

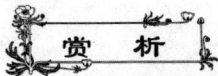

文学常识丛书

这是一首脍炙人口的小诗。在这首诗中,张继精确而细腻地写出了一个客船夜泊者对江南深秋夜景的观察和感受,有景有情有声有色,使人从有限的画面中获得悠长的韵味和无穷的美感。

"月落乌啼霜满天"，这是诗人夜泊时所见，点明了时间是深夜，季节是晚秋。在江南秋夜的漫漫寂静之中，偶有乌鸦啼叫划破夜空，反而使周围的气氛显得更加静谧深沉。"江枫渔火对愁眠"，点出诗人夜宿于客舟，是切题之句。原来，在停泊于岸边的客舟中过夜的诗人，其实一直不曾入寐。月落、乌啼、秋霜满天，这是他对远处景物的感受，而江枫和渔火，则是他对近处景物的观察。诗人运用由远而近、由虚及实的手法，把读者的注意力集中到他寄居的这条客舟上，集中到他这个带着愁绪夜不能寐的主人公身上。

　　诗的后两句，是用作者在客舱中的所闻所想，进一步衬托自己的孤寂。在万籁俱寂之中，诗人忽然听到远远地传来了钟声，那悠扬的钟声在夜空中回荡着。于是他猛地想起，著名的寒山寺就在近旁，这钟声一定是那里传出来的。仿佛撞钟，清音激越，难免会使诗人想到人生逆旅中的种种境遇和遭际。这一点，诗中没有明写，给读者留下了丰富想象的余地。

93

绝妙佳句

　　姑苏城外寒山寺，夜半钟声到客船。

作者简介

　　刘方平(生卒年不详),唐代诗人,河南洛阳人。天宝前期曾应进士试,未考取,从此隐居颍水、汝河之滨,终生未仕。

　　其诗多咏物写景之作,尤擅绝句,思想内容较贫弱,但艺术性较高,善于寓情于景,意蕴无穷。风格清新自然,常能以看似淡淡的几笔铺陈勾勒出情深意切的场景,手法甚是高妙。《全唐诗》收录其诗一卷。

原文

月 夜

更深①月色半人家②,北斗阑干③南斗斜。

今夜偏④知春气暖,虫声新透⑤绿窗纱。

注释

①更深:夜深了。古时计算时间,一夜分成五更。

②月色半人家:月光照到人家庭院的一半。

③阑干:纵横交错的样子。

④偏:偏偏,表示出乎意料。

⑤新透:第一次透过。

赏析

唐代诗人描写月夜景色的七绝不少,这是其中较著名的一首。全诗句句写景,散发着盎然的春天气息。意味蕴藉,妙趣无穷。

诗的开头两句从视觉角度描写初春的月夜之美,而两句的着眼点又各自不同。前句为近景,是从空间的下方落笔,写出早春夜深时分皓月普照的景色。夜深人静,皓月西斜,将如水的清辉洒向大地,照到了地上人家的半边庭院。一个"半"字,用得精确传神,使画面明暗相间,错落有致。后句

则写的是远景，是从宇宙空间的上端摹景的。在这迷人的夜晚，天空月明星稀，只有北斗、南斗等晶莹璀璨的星辰在夜空中与明月交辉，令人感到宇庙广袤，视野开阔。这一句是写景，同时也透露出月斜星横、更深夜阑时诗人难寐的信息，为下文作了铺垫。

三、四句用倒叙手法从心灵和听觉感受的侧面描写春夜的静谧风光。更深夜阑，诗人却毫无睡意，这是什么原因呢？我们只知道，惊蛰后的虫声突然在庭院的墙根下鸣起，奏响这一年的第一首春曲，带来了春的信息，使诗人蓦地因季节物候的变迁而惊心。在这春夜里，对春意有特殊敏感的小虫，成了报春的使者，从而使人感到"虫声"的可亲可爱、悦耳动听，而无声无形的"春气"也在"虫声"鸣唱中变得可触可感、牵人情愫！"偏知"二字说明诗人平素对自然界物候变化不注意，只有今夜才感觉颇深的典型感受。"新透"二字体现了虫声的巨大魅力，显露出了"春气"不可阻御的伟力，将融融春意、盎然生机，一下子融"透"到读者心中。

绝妙佳句

今夜偏知春气暖，虫声新透绿窗纱。

作者简介

卢纶(公元 748—800 年),字允言,河中蒲(今山西永济)人。曾因安史之乱,迁居鄱阳(今江西波阳)。屡举进士不第,后得宰相元载赏识,才得以做了几任小官,累官检校户部郎中。他是大历十大才子之一。

其诗多赠答应酬之作,无甚特色。但边塞诗写得很有气势,一些描绘自然景物的诗也不乏佳作。有《卢户部诗集》。

塞下曲

月黑①雁飞高,单于②夜遁逃。

欲将④轻骑⑤逐,大雪满弓刀。

①月黑:没有月亮的夜晚。

②单(chán)于:匈奴对最高统治者的称呼。

③遁逃:悄悄地逃跑。

④将:带领。

⑤轻骑:轻装快速的骑兵部队。

文学常识丛书

　　这是卢纶《塞下曲》组诗中的第三首。卢纶曾任幕府中的元帅判官,对行军生活有体验,描写此类生活的诗比较充实,风格雄劲。这首诗写将军雪夜准备率兵追敌的壮举,气概豪迈。

　　前两句写敌军的溃逃。"月黑雁飞高",月亮被云遮掩,一片漆黑,宿雁惊起,飞得高高的。"单于夜遁逃",在这样的夜晚,敌军偷偷地逃跑了。"单于",原指匈奴最高统治者,这里借指当时经常南侵的契丹等族的入侵者。

后两句写将军准备追敌的场面,气势不凡。"欲将轻骑逐",将军发现敌军潜逃,要率领轻装骑兵去追击;正准备出发之际,下起了一场大雪,刹那间弓刀上落满了雪花。最后一句"大雪满弓刀"是严寒景象的描写,突出表达了战斗的艰苦性和将士们奋勇的精神。

此诗情景交融。敌军是在"月黑雁飞高"的情景下溃逃的,将军是在"大雪满弓刀"的情景下准备追击的。一逃一追的气氛有力地渲染出来了。全诗没有写冒雪追敌的过程,也没有直接写激烈的战斗场面,但留给人们的想象是非常丰富的。

诗中月

绝妙佳句

月黑雁飞高,单于夜遁逃。

晚次鄂州①

云开远见汉阳城②,犹是孤帆一日程。

估客③昼眠知浪静,舟人夜语觉潮生。

三湘④衰鬓逢秋色,万里归心对月明。

旧业已随征战尽,更堪江上鼓鼙⑤声。

注 释

①晚次:指晚上到达。鄂州:唐时属江南道,在今湖北鄂城县。

②汉阳城:今湖北汉阳,在汉水北岸,鄂州之西。

③估客:商人。

④三湘:漓湘、潇湘、蒸湘的总称,在今湖南境内。

⑤鼓鼙(pí):指军中所用大鼓与小鼓。

赏 析

这是一首即景抒怀的诗。安史之乱时,作者曾做客鄱阳,南行军中,路过三湘,到达鄂州,而写了这首诗。

开头两句写"晚次鄂州"的心情。浓云散开,江天晴明,举目远眺,汉阳城依稀可见,因为"远",还不可及,船行尚需一天。这样,今晚就不得不在鄂州停泊了。诗人由江西溯长江而上,必须经过鄂州,直抵湖

南。汉阳城在汉水北岸，鄂州之西。起句即点题，述说心情的喜悦，次句突转，透露沉郁的心情，用笔腾挪跌宕，使平淡的语句体现微妙的思致。诗人在战乱中风波漂泊，对行旅生涯早已厌倦，巴不得早些得个安憩之所。因此，一到云开雾散，见到汉阳城时，怎能不喜。"犹是"二字，突显诗人感情的骤落。

三、四句写"晚次鄂州"的景况。诗人简笔勾勒船舱中所见所闻：同船的商贾白天水窗倚枕，不觉酣然入梦，不言而喻，此刻江上扬帆，风平浪静；夜深人静，忽闻船夫相唤，杂着加缆扣舷之声，不问而知夜半涨起江潮来了。诗人写的是船中常景，然而笔墨中却透露出他昼夜不宁的纷乱思绪。所以尽管这些看惯了的舟行生活，似乎也在给他平增枯涩乏味的生活感受。

五、六句写"晚次鄂州"的联想。诗人情来笔至，借景抒怀：时值寒秋，正是令人感到悲凉的季节，无限的惆怅已使我两鬓如霜了；我人往三湘去，心却驰故乡，独对明月，归思更切！"三湘"在湖南境内，即诗人此行的目的地。而此时远离家乡的诗人无赏异地的秋色之心，却有思久别的故乡之念。一个"逢"字，将诗人的万端愁情与秋色的万般凄凉联系起来，移愁情于秋色，妙合无垠。"万里归心对月明"，其中不尽之意见于言外，有迢迢万里不见家乡的悲悲戚戚，亦有音书久滞萦怀妻儿的凄凄苦苦，真可谓愁肠百结，煞是动人肺腑。

最后两句写"晚次鄂州"的感慨。为何诗人有家不可归，只得在异域他乡颠沛奔波呢？这两句把忧心愁思更深入一层：田园家计，事业功名，都随着不停息的战乱丧失殆尽，而烽火硝烟未灭，江上不是仍然传来声声战鼓？诗人虽然远离了沦为战场的家乡，可是他所到之处又无不是战云密布，这就难怪他愁上加愁了。此处把思乡之情与忧国愁绪结合起来，使本诗具有更大的社会意义。

这首诗,诗人只不过截取了飘泊生涯中的一个片断,却反映了广阔的社会背景,写得连环承转,意脉相连,而且迁徐从容,曲尽情致。

绝妙佳句

估客昼眠知浪静,舟人夜语觉潮生。

文学常识丛书

作者简介

　　李益(公元 748—829 年),字君虞,祖籍陇西姑臧(今甘肃武威),迁居郑州(今属河南)。大历四年(公元 769 年)进士及第,六年(公元 771 年)中讽谏主文科,授郑县(今陕西华县)尉,迁主簿。后弃官客游燕赵,从戎北方。唐宪宗闻其诗名,任为秘书少监,官至礼部尚书。

　　其诗音津和美,为当时乐工所传唱。以七绝见长,多写边塞生活。有《李益集》。

宫 怨

露湿晴花春殿香,月明歌吹在昭阳①。

似将海水添宫漏②,共滴长门③一夜长。

注释

①昭阳:即昭阳殿,汉宫殿名,是汉成帝的皇后赵飞燕的居处。

②漏:古代计时的用具。

③长门:即长门宫,汉宫殿名,是汉武帝时陈皇后失宠后的居处。

赏析

诗的前两句的境界极为美好。诗中宫花大约是指桃花,此时春晴正开,花朵上缀着露滴,有"灼灼其华"的光彩。晴花沾露,越发娇美浓艳。夜来花香尤易为人察觉,春风散入,更是暗香满殿。这是写境,又不单纯是写境。这种美好境界,与昭阳殿里歌舞人的快乐心情极为谐调,浑融为一。昭阳殿里彻夜笙歌,欢乐的人还未休息。说"歌吹在昭阳"是好理解的,而明月却是无处不"在",为什么独归于昭阳呢?诗人这里巧妙暗示,连月亮也是昭阳殿的特别明亮。两句虽然都是写境,但能使读者感到境中有人,继而由景入情。这两句写的不是宫怨,恰恰是宫怨的对立面,是得宠承恩

文学常识丛书

的情景。

　　写承恩不是诗人的目的，而只是手段。后两句突然转折，美好的环境、欢乐的气氛都不在了，转出另一个环境、另一种气氛。与昭阳殿形成鲜明对比，这里没有花香，没有歌吹，也没有月明，有的是滴不完、流不尽的漏声，是挨不到头的漫漫长夜。这里也有一个不眠人存在。但与昭阳殿欢乐苦夜短不同，长门宫是愁思觉夜长。此诗用形象对比手法，有强烈反衬作用，突出深化了"宫怨"的主题。

　　诗的前后部分都重在写境，由于融入人物的丰富感受，情景交融，所以能境中见人，含蓄蕴藉。

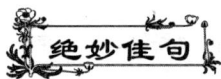

绝妙佳句

　　似将海水添宫漏，共滴长门一夜长。

作者简介

　　韩愈(公元 768—824 年)，字退之，河南河阳(今河南孟县)人，唐代文学家、哲学家。祖籍昌黎(今河北通县)，世称韩昌黎。唐德宗贞元八年(公元 792 年)进士，贞元末，任监察御史，因上书言事，得罪当权者，被贬为阳山(今广东阳山县)令。唐宪宗时，他随宰相裴度平定淮西之乱，升任刑部侍郎，因上疏反对迎佛骨，被贬为潮州(今广东潮州)刺史。唐穆宗时，官至吏部侍郎。

　　韩愈的诗气势壮阔，笔力雄健，力求新奇，自成一家。他开了"以文为诗"的风气，对后来的宋诗影响很大。有《昌黎先生集》。

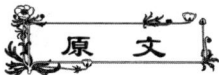

原文

山 石

山石荦确①行径微,黄昏到寺蝙蝠飞。

升堂坐阶新雨足,芭蕉叶大支子②肥。

僧言古壁佛画好,以火来照所见稀。

铺床拂席置羹饭,疏粝③亦足饱我饥。

夜深静卧百虫绝,清月出岭光入扉④。

天明独去无道路,出入高下穷烟霏。

山红涧碧纷烂漫,时见松枥⑤皆十围⑥。

当流赤足蹋涧石,水声激激风吹衣。

人生如此自可乐,岂必局束⑦为人鞿⑧。

嗟哉吾党⑨二三子,安得至老不更⑩归。

注释

①荦确:山石不平的样子。

②支子:即栀子,常绿灌木,花大色白,极香。

③疏粝(lì):粗糙的饭食。疏,不细密。粝,糙米。

④扉:门。

⑤枥:高大的落叶乔木。

⑥围:两手合抱为一围。

⑦局束:拘束。

⑧羁(jī):马缰绳,比喻受束缚、牵制。

⑨吾党:志同道合的朋友。

⑩更:再。

赏析

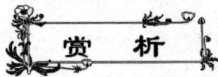

　　这首诗以开头"山石"二字为题,却并不是歌咏山石,而是叙写游踪。此诗汲取了游记的写法,按照行程的顺序,叙写从"黄昏到寺""夜深静卧"到"天明独去"的所见、所闻和所感,是一篇诗体的山水游记。

　　"山石荦确行径微"一句,概括了到寺之前的行程,而险峻的山石,狭窄的山路,都随着诗中主人公的攀登而移步换形。这一句没有写人,但第二句"黄昏到寺蝙蝠飞"中的"到寺"二字,就补写了人,那就是来游的诗人。而且,说第一句没写人,那只是说没有明写;实际上,那山石的荦确和行径的细微,都是主人公从那里经过时看到的和感到的,正是通过这些主观感受的反映,表现他在经过了一段艰苦的翻山越岭,黄昏之时才到了山寺。"黄昏",怎么能够变成可见可感的清晰画面呢? 他巧妙地选取了一个"蝙蝠飞"的镜头,让那只有在黄昏之时才会出现的蝙蝠在寺院里盘旋,就立刻把诗中主人公和山寺,统统笼罩于幽暗的暮色之中。"黄昏到寺",当然先得找寺僧安排食宿,所以就出现了主人公"升堂"的镜头。主人公是来游览的,游兴很浓,"升堂"之后,立刻退出来坐在堂前的台阶上,欣赏那院子里的花木,"芭蕉叶大支子肥"的画面也就跟着展开。因为下过一场透雨,芭蕉的叶显得更大更绿,栀子花开得更盛更香更丰美。"大"和"肥",这是很寻常的字眼,但用在芭蕉叶和栀子花上,特别是用在"新雨足"的芭蕉叶和栀子花上,就突出了客观景物的特征,增强了形象的鲜明性,使人情不自禁

文学常识丛书

地要赞美它们。

时间在流逝,栀子花、芭蕉叶终于隐没于夜幕之中。于是热情的僧人便凑过来助兴,夸耀寺里的"古壁佛画好",并拿来火把,领客人去观看。这时候,菜饭已经摆上了,床也铺好了,连席子都拂拭干净了。寺僧的殷勤,宾主感情的融洽,也都得到了形象的体现。"疏粝亦足饱我饥"一句,图画性当然不够鲜明,但这是必不可少的。它既与结尾的"人生如此自可乐,岂必局束为人鞿"相照应,又说明主人公游山,已经费了很多时间,走了不少路,因而饿得很。

写夜宿只用了两句。"夜深静卧百虫绝",表现了山寺之夜的清幽。"夜深"而百虫之声始"绝",那么在"夜深"之前,百虫自然在各献特技,合奏夜鸣曲,主人公也在欣赏夜鸣曲。正像"鸟鸣山更幽"一样,山寺之夜,百虫合奏夜鸣曲,就比万籁俱寂还显得幽静,而静卧细听百虫合奏的主人公,也自然万虑俱消,心境也空前清静。夜深了,百虫绝响了,接踵而来的则是"清月出岭光入扉",主人公又兴致勃勃地隔窗赏月了。他刚才静卧细听百虫鸣叫的神态,也在"清月出岭光入扉"的一刹那显现于我们眼前。

主人公再欣赏一阵,就该天亮了。"天明独去无道路","无道路"指天刚破晓,雾气很浓,看不清道路,所以接下去,就是"出入高下穷烟霏"的镜头。主人公"天明"出发,眼前是一片"烟霏"的世界,不管是山的高处还是低处,全都浮动着蒙蒙雾气。在浓雾中摸索前进,出于高处,入于低处,出于低处,又入于高处,时高时低,时低时高。此情此境,岂不是饶有诗味、富于画意吗?烟霏既尽,朝阳熠耀,画面顿时增加亮度,"山红涧碧纷烂漫"的奇景就闯入主人公的眼帘。而"时见松枥皆十围",既为那"山红涧碧纷烂漫"的画面添景增色,又表明主人公在继续前行。他穿行于松枥树丛之中,清风拂衣,泉声淙淙,清浅的涧水十分可爱。于是他赤着一双脚,涉过山涧,让清凉的涧水从足背上流淌,整个身心都陶醉在大自然的美妙境界中

了。结尾四句,总结全诗。"人生如此",概括了此次出游山寺的全部经历,然后用"自可乐"加以肯定。后面的三句诗,以"为人靰"的幕僚生活作反衬,表现了对山中自然美、人情美的无限向往,从而强化了全诗的艺术魅力。

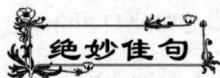

绝妙佳句

人生如此自可乐,岂必局束为人靰。

八月十五夜赠张功曹

纤云①四卷天无河②，清风吹空月舒波。

沙平水息声影绝，一杯相属③君当歌。

君歌声酸辞且苦，不能听终泪如雨：

"洞庭连天九疑④高，蛟龙出没猩鼯⑤号。

十生九死到官所，幽居默默如藏逃。

下床畏蛇食畏药，海气⑥湿蛰⑦熏腥臊。

昨者⑧州前捶大鼓⑨，嗣皇⑩继圣登⑪夔皋⑫。

赦书一日行万里，罪从大辟⑬皆除死⑭。

迁者⑮追回流者⑯还，涤瑕荡垢清朝班。

州家申名使家抑，坎轲只得移荆蛮。

判司⑰卑官不堪说，未免捶楚⑱尘埃间。

同时辈流多上道，天路⑲幽险难追攀。"

君歌且休听我歌，我歌今与君殊科：

"一年明月今宵多，人生由命非由他，

有酒不饮奈明何！"

诗中月

111

①纤云：微云。

②天无河:因月光明亮而显不出银河。

③属:劝请。

④九疑:山名,疑又作嶷。又名苍梧山,在今湖南宁远县南,相传舜葬于此。

⑤猩鼯:猩猩和大飞鼠。

⑥海气:指潮湿之气。

⑦湿蛰:蛰伏于潮湿阴暗之处的蛇虫之类。

⑧昨者:前几天。

⑨捶大鼓:唐代制度,颁布大赦令时,击鼓千声,集合百官、父老、囚徒等,当众宣布。

⑩嗣皇:继承皇位的新皇帝,此指唐宪宗。

⑪登:起用。

⑫夔皋:夔和皋陶,均为舜帝时代的贤臣。这里比喻新皇帝选贤任能。

⑬大辟:死刑。

⑭除死:免死。

⑮迁者:被贬官者。

⑯流者:被流放者。

⑰判司:评判一司事务之官,是对诸曹参军的统称。当时张署调任江陵府功曹参军,韩愈任法曹参军,皆属此类卑职小官。

⑱捶楚:指受刑。

⑲天路:进身朝廷之路。

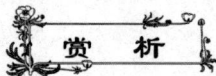

赏析

这首诗以近乎散文的笔法、古朴的语言,直陈其事。主客互相吟诵诗

文学常识丛书

句,一唱一和,衷情共诉,洒脱疏放,别具一格。

诗中写了张署的"君歌"和作者的"我歌"。题为"赠张功曹",却没有以"我歌"作为描写的重点,而是反客为主,把"君歌"作为主要内容,借张署之口,淋漓尽致地抒发了诗人心中的不平。

诗的前四句描写八月十五的夜晚主客对饮的环境,如文的小序:碧空无云,清风明月,万籁俱寂。在这样的环境中,两个遭遇相同的朋友怎能不举杯痛饮,慷慨悲歌?贞元十九年(公元803年)天旱民饥,当时任监察御史的韩愈和张署,直言劝谏唐德宗减免关中徭赋,触怒权贵,两人同时被贬往南方,韩愈任阳山(今属广东)令,张署任临武(今属湖南)令。直至唐宪宗大赦天下时,他们仍不能回京任职。韩愈改官江陵府(今湖北江陵)法曹参军,张署改官江陵府功曹参军。得到改官的消息,韩愈心情很复杂,于是借中秋之夜,对饮赋诗抒怀,并赠给同病相怜的张署。

接着,"一杯相属君当歌"一转,引出了张署的悲歌,这是全诗的主要部分。诗人先写自己对张署"歌"的直接评论:说它声音酸楚,言辞悲苦,因而"不能听终泪如雨",说明二人心境相同,感动极深。

张署的歌,首先叙述了被贬南迁时经受的苦难,山高水阔,路途漫长,蛟龙出没,野兽悲号,地域荒僻,风波险恶。好容易"十生九死到官所",而到达贬所更是"幽居默默如藏逃"。接着又写南方偏远之地多毒蛇,"下床"都可畏,出门行走就更不敢了;且有一种蛊药之毒,随时可以制人性命,饮食要十分当心,还有那湿蛰腥臊的"海气",也使人受不了。这一大段对自然环境的夸张描写,也是诗人当时政治境遇的写照。

上面对贬谪生活的描述,情调是感伤而低沉的,下面一转,而以欢欣鼓舞的激情,歌颂大赦令的颁行,文势波澜起伏。唐宪宗即位,大

113

赦天下。诗中写那宣布赦书时的隆隆鼓声,那传送赦书时日行万里的情景,场面的热烈、节奏的欢快,都体现出诗人心情的欢快。特别是大赦令宣布:"罪从大辟皆除死","迁者追回流者还",这当然使韩、张二人感到回京有望。然而,事情并不如此简单。写到这里,诗情又一转折,尽管大赦令写得明明白白,但由于"使家"的阻挠,他们仍然不能回京任职。"只得"二字,把那种既心有不满又无可奈何的心情,完全表现出来了。地是"荆蛮"之地,职又是"判司"一类的小官,卑小到要常受长官"捶楚"的地步。面对这种情况,他们发出了深深的慨叹:"同时辈流多上道,天路幽险难追攀。""天路幽险",政治形势还是相当险恶啊!

以上诗人通过张署之歌,倾吐了自己不平的遭遇,心中的郁积,写得形象具体,淋漓尽致,笔墨酣畅。诗人既已借别人的酒杯浇了自己的块垒,没必要再直接出面抒发自己的感慨了,所以用"君歌且休听我歌,我歌今与君殊科",一接一转,写出了自己的议论。仅写了三句:一是写今夜月色最好,照应题目的"八月十五";二是写命运在天;三是写面对如此良夜应当开怀痛饮。表面看来这三句诗很平淡,实际上却是诗中最着力最精彩之笔。韩愈从切身遭遇中,深深感到宦海浮沉,祸福无常,自己很难掌握自己的命运。"人生由命非由他",寄寓了极深的感慨,表面上归之于命,实际有许多难言的苦衷。八月十五的夜晚,明月如镜,悬在碧空,不开怀痛饮,岂不辜负这美好的月色!再说,借酒浇愁,还可以暂时忘掉心头的烦恼。于是情绪又由悲伤转而旷达。然而这不过是故作旷达而已。短短数语,似淡实浓,言近旨远,在欲说还休的背后,别有一种耐人寻思的深味。从感情上说,由贬谪的悲伤到大赦的喜悦,又由喜悦坠入移"荆蛮"的怨愤,最后在无可奈何中故作旷达。抑扬开阖,转折变化,章法波澜曲折,有

一唱三叹之妙。全诗换韵很多，韵脚灵活，音节起伏变化，很好地表现了感情的发展变化，使诗歌既雄浑恣肆又宛转流畅。从结构上说，首与尾用酒和明月先后照应，轻清简练，使结构完整，也加深了意境的悲凉。

绝妙佳句

一年明月今宵多，人生由命非由他，有酒不饮奈明何！

诗中月

作者简介

　　白居易(公元 772—846 年),字乐天,晚号香山居士,下邽(今陕西渭南)人。唐德宗贞元十六年(公元 800 年)登进士第,十九年(公元 803 年)授秘书省校书郎。在太子左赞善大夫任上,因论武元衡被刺一事,被贬为江州司马。后召回,任杭州、苏州刺史,后官至太子少傅、刑部尚书。

　　白居易是中唐新乐府运动的倡导者,主张文学要反映现实,用以补察时政。他继承并发扬了杜甫的现实主义传统,对我国古典诗歌的发展起过积极推动的作用。其诗以平易通俗著称,相传老妪也能听懂。有《白氏长庆集》。

文学常识丛书

寒闺怨

寒月沉沉洞房静，真珠①帘外梧桐影。

秋霜欲下手先知，灯底裁缝剪刀冷。

①真珠：即珍珠。

诗中月

117

这首诗前两句写景，后两句写情。其写情，是通过对事物的细致感受来表现的。

"洞房"，犹言深屋，在很多进房屋的后部，通常是富贵人家女眷所居。居室本已深邃，又被寒冷的月光照射着，所以更见幽静。帘子称之为真珠帘，无非形容其华贵。洞房、珠帘，都是通过描写环境来暗示其人的身份。"梧桐影"既与上文"寒月"相映，又暗示下文"秋霜"。前两句把景写得如此之冷清，人写得如此之幽独，就映衬了题中所谓寒闺之怨。

在这冷清清的月光下，静悄悄的房屋中，帘子里的人还没有睡，手上拿着剪刀，在裁缝衣服，忽然，她感到剪刀冰凉，连手也觉得冷起来了。这是怎么一回事呢？原来，天寒岁暮，征夫不归，冬衣未成，秋霜欲下，想到丈夫不但难归，而且还要受冻，岂能无怨？于是，剪刀上的寒冷，不仅传到了她的手上，也传到她的心上。丈夫在外的辛苦，自己在家的孤寂，合之欢乐，离之悲痛，酸甜苦辣，一齐涌上心来，是完全可以想得到的，然而诗人却只写到从手上的剪刀之冷而感到天气的变化为止，其余一概不提，让读者自己去想象，去体会。虽似简单，实则丰富，这就是此诗含蓄的妙处。

绝妙佳句

秋霜欲下手先知，灯底裁缝剪刀冷。

村 夜①

霜草②苍苍虫切切③,村南村北行人绝。

独④出门前望野田,月明荞麦花如雪⑤。

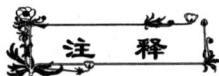

注 释

①村夜:乡村的夜晚。

②霜草:被霜打过的草。

③切切:(虫的叫声)急迫而短促。

④独:单独,独自。

⑤荞(qiáo)麦:一年生草本植物,开小白花;果实磨成面粉后,可以食用。

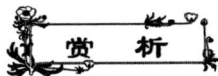

119

赏 析

这首诗以白描手法勾画出了一个乡村之夜。信手拈来,娓娓道出,却清新恬淡,诗意很浓。

"霜草苍苍虫切切",苍苍霜草,点出秋色的浓重;切切虫吟,渲染了秋夜的凄清。"村南村北行人绝",行人绝迹,万籁无声。两句诗鲜明勾画出村夜的特征。这里虽是纯粹写景,却如王国维《人间词话》所说:"一切景语皆情语"，萧萧凄凉的景物透露出诗人孤独寂寞的感情。这种寓情于景的手法比直接抒情更富有韵味。

　　"独出门前望野田"一句，既是诗中的过渡，将描写对象由村庄转向田野；又是两联之间的转折，收束了对村夜萧疏黯淡气氛的描绘，展开了另外一幅使人耳目一新的画面：皎洁的月光朗照着一望无际的荞麦田，远远望去，灿烂耀眼，如同一片晶莹的白雪。"月明荞麦花如雪"，多么动人的景色，大自然的如画美景感染了诗人，使他暂时忘却了自己的孤寂，情不自禁地发出不胜惊喜的赞叹。这奇丽壮观的景象与前面两句的描写形成强烈鲜明的对比。诗人匠心独运地借自然景物的变换写出人物感情变化，写来是那么灵活自如，不着痕迹；而且显得朴实无华，浑然天成，读来亲切动人，余味无穷。《唐宋诗醇》对它称赞道："一味真朴，不假妆点，自具苍老之致，七绝中之近古者。"

绝妙佳句

　　独出门前望野田，月明荞麦花如雪。

作者简介

王建（约公元 767—约 831 年），字仲初，颖川（今河南许昌）人。唐代宗大历十年（公元 775 年）进士，历官昭应县丞、渭南尉、侍御史、陕州司马，后又从军塞上，晚年退居咸阳原上。

他擅长乐府诗，能从多方面反映当时社会现实，细腻含蓄，简洁爽利，与张籍齐名。所作《宫词》一百首，当时即流传广泛。有《王司马集》。

十五夜①望月寄杜郎中②

中庭地白③树栖④鸦，冷露无声湿桂花。

今夜月明人尽望，不知秋思落谁家？

①十五夜：指农历八月十五的夜晚。

②郎中：官名。

③地白：地上的月光。

④栖：停歇。

文学常识丛书

这是一首中秋之夜望月怀人的七绝。以写景起，以抒情结，想象丰美，韵味无穷。

"中庭地白树栖鸦，冷露无声湿桂花。"两句是写月上中天时庭院的景色。月华静静地泻在庭院中，地上好像铺上了一层白雪，聒噪了一天的鸦鹊也逐渐消停下来，仿佛不忍惊扰这安详的夜色，悄悄地隐栖在树上。夜渐渐深了，清冷的秋露润湿了庭中的桂花，散发着氤氲的馨香。诗人写院中的月色，只用了"地白"二字，却给人澄澈、空明之感，让人不由得沉浸在清净悠远的意境中，躁动不安的心也慢慢沉静下来。"树栖鸦"是为了押韵

而使用的倒装，树上的乌鸦已经安静栖息，暗示夜已经深了，周围一片寂静。这三个字，简洁凝练，既写了鸦鹊栖树的情状，又烘托了月夜的寂静。这是从视觉和听觉的角度来写的。秋浓、夜深、露重，甚至连盛放的桂花也被润湿了。而夜露下降究竟有无声响呢？诗人敏锐地捕捉到了这天籁中最细微的声音，进一步凸显夜之寂静。这幅凄清的写意图画，使人不寒而栗，但他却不是为写景而写景，而是用比兴的手法，衬托自己孤寂的心境。"冷"字是诗人从触觉的角度来写的。

然而，夜深而人不寐，究竟是为什么呢？皓月当空，难道只有诗人独自在那里凝神遐思吗？普天之下，有谁不在低回赏月、神驰意往呢？两句景语，自然引出下面两句的人事活动来："今夜月明人尽望，不知秋思落谁家？"人们都在望着今夜的明月，尽情享受这团圆的天伦之乐，但这秋夜的愁思究竟会落到哪户人家呢？这两句从宏观的角度出发，以虚拟悬想作结：中秋之夜，人们都会望月寄情，但是，每个家庭成员的离合聚散却不相同。如果哪家有人外出，哪个游子背井离乡，那么怀念之情就会像秋露一样，更浓更重地落在这户人家、这位游子身上。普遍性的情绪，体现在个别人身上，而这个别人也包括诗人自己，明明是自己在怀人，偏偏说"秋思落谁家"，这就将诗人望月怀远的情思，表现得蕴藉深沉。"落"字新颖妥帖，不同凡响，给人以形象的动感，仿佛思念随着银月的清辉一起洒落人间，同时也与"无声"相契合，凸显月夜的静。

此诗先突出中秋夜深夜静，然后以深夜不寐、望月怀人，烘托出具有普遍意义的怀念之情。景语引出情语，反过来又给景语增添感情，加上一个情深意曲的结尾，将别离思聚的情意，表现得委婉动人。

绝妙佳句

今夜月明人尽望，不知秋思落谁家？

作者简介

刘禹锡(公元 772—842 年),字梦得,洛阳(今河南洛阳)人,一作彭城(今江苏涂州)人,自称系出中山(治所今河北定县)。唐德宗贞元九年(公元 793 年)进士,又举博学宏词科,授太子校书,升监察御史。曾与柳宗元等参加主张革新的王叔文政治集团,失败后被贬为朗州司马,改官连州、夔州、和州刺史,历二十余年。后入朝,官至太子宾客,分司东都,加检校礼部尚书。世称刘宾客。

他的诗歌反映了中唐政治生活中的重大事件,倾向鲜明,有较强的现实意义。那些模仿民歌形式的抒情小诗和寄寓针砭的怀古咏史之作,也极有特色。有《刘宾客集》。

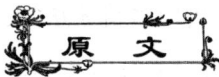

石头城①

山围故国周遭在,潮打空城寂寞回。

淮水②东边旧时月,夜深还过女墙③来。

注　释

①石头城:在今南京市西清凉山上,三国时孙吴就石壁筑城戍守,称石头城。

②淮水:指秦淮河。

③女墙:城上的墙垛。

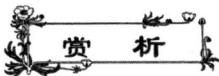

赏　析

刘禹锡任和州刺史时作《金陵五题》,以联章方式歌咏五处古迹,总结历史教训。《石头城》是这组诗的第一首。

诗一开始,就置读者于苍莽悲凉的氛围之中。围绕着这座故都的群山依然在围绕着它。这里,曾经是战国时代楚国的金陵城,三国时孙权改名为石头城,并在此修筑宫殿。经过六代豪奢,至唐初废弃,二百年来已变成一座"空城"。潮水拍打着城郭,仿佛也觉到它的荒凉,碰到冰冷的石壁,又带着寒心的叹息默默退去。山城依然,石头城的旧日繁华已空无所有。面对这冷落荒凉的景象,诗人不禁要问:为何一点痕迹不曾留下？没有人回答他的问题,只见那当年从秦淮河东边升起的明月,如今仍旧多情地从"女墙"后面升起,照见这久已残破的古城。秦淮河曾经是六朝王公贵族们醉生梦死的游乐场,曾经是彻夜笙歌、春风吹送、欢乐无时的地方,"旧时月"是它的见证。然而繁华易逝,而今月下只剩一片凄凉了。末句的"还"字,意味着月虽还来,然而有许多东西已经一去不复返了。

　　诗人把石头城放到沉寂的群山中写,放到带凉意的潮声中写,放到朦胧的月夜中写,这样尤能显示出故国的没落荒凉。只写山水明月,而六代繁荣富贵,都化为乌有。诗中句句是景,却处处融合着诗人故国萧条、人生凄凉的深沉感伤。

绝妙佳句

　　山围故国周遭在,潮打空城寂寞回。

作者简介

柳宗元（公元 773—819 年），字子厚，河东（今山西永济）人，唐代文学家、思想家。唐德宗贞元九年（公元 793 年）中进士，又登博学鸿辞科，授校书郎，任监察御史。不久，参与了当时王叔文等的政治集团，主张改革政治，任礼部员外郎。"永贞革新"失败后，被贬为永州司马，后迁柳州刺史，故又称柳柳州。

他的诗大都抒写贬谪生活感受和对山水景物的欣赏，时时流露出愤懑不平的情绪。其古诗多描写自然山水，运思精密，着力于字句的选择和锤炼，创造出峻洁、澄澈的境界。近体诗也写得情致缠绵，色彩绚丽，音调和谐，与他的古体诗风格有异。

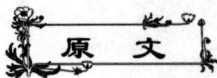

中夜起望西园值月上

觉闻繁露坠，开户临西园。

寒月上东岭，泠泠①疏竹根。

石泉远逾响，山鸟时一喧。

倚楹②遂至旦，寂寞将何言。

①泠(líng)泠：拟水声，使人有夜凉如水之感。

②倚楹：靠着门柱。

这首五言古诗作于诗人贬谪永州之时。

半夜了，四野万籁无声。诗人辗转反侧，夜不成寐，百无聊赖中，连露水滴落的细微声音也听到了，多么寂静的环境啊！露水下降，本来是不易觉察到的，这里用"闻"，是有意把细腻的感觉显示出来。于是他干脆起床，"开户临西园"。

来到西园，只见：一轮寒月从东岭升起，清凉月色，照射疏竹，仿佛听到一泓流水穿过竹根，发出泠泠的声响。"泠泠"两字用得极妙。"月"用一个

"寒"字来形容,与下句的"泠泠"相联系,又与首句的"繁露坠"有关。露重月光寒,夜已深沉,潇潇疏竹,泠泠水声,点染出一种幽清的意境,令人有夜凉如水之感。在这极为静谧的中夜,再侧耳细听,远处传来从石上流出的泉水声,似乎这泉声愈远而愈响,山上的鸟儿有时打破岑寂,偶尔鸣叫一声。

"石泉远逾响",看来难以理解,然而这个"逾"字,却更能显出四野的空旷和寂静。山鸟时而一鸣,固然也反衬出夜的静谧,同时也表明月色的皎洁,竟使山鸟误以为天明而鸣叫。

面对这幅空旷寂寞的景象,诗人斜倚着柱子,观看,谛听,一直到天明。诗人"倚楹遂至旦"的沉思苦闷形象,发人深思。他在这样清绝的景色中想些什么呢?"寂寞将何言"一句,可谓此时无言胜有言。"寂寞"两字透出了心迹,他感到自己复杂的情怀无法用言语来表达。

这首诗,构思新巧,诗人抓住在静夜中听到的各种细微的声响,来进行描写,以有声写无声,表现诗人所处环境的空旷寂寞,从而衬托他谪居中抑郁的情怀,即事成咏,随景寓情。

绝妙佳句

石泉远逾响,山鸟时一喧。

作者简介

马戴(生卒年不详),字虞臣,曲阳(今江苏东海西南)人。唐武宗会昌四年(公元844年)进士及第。大中初,在太原幕府任掌书记。因直言获罪,贬龙阳尉。后得救回京,官终太学博士。

其诗浪为时人及后世所推崇,尤以五言津诗著称,内容多为感怀身世和羁旅行愁。有《会昌进士集》。

文学常识丛书

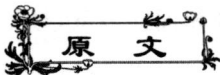

楚江①怀古

露气寒光集,微阳②下楚丘③。

猿啼洞庭树④,人在木兰舟⑤。

广泽生明月,苍山夹乱流。

云中君⑥不见,竟夕⑦自悲秋。

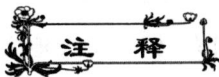

注 释

①楚江:这里指湘江。

②微阳:微弱的阳光,这里指西下的斜阳。

③楚丘:楚山,泛指湘江一带的山丘。

④洞庭树:洞庭湖岸的树上,洞庭湖在湖南北路,长江的南面。

⑤木兰舟:用有香气的木兰树做的船。典出《迷异记》:"木兰洲在浔阳江中,多木兰树,七里洲中有鲁班刻木兰为舟。"

⑥云中君:本指云神。屈原《九歌》中有《云中君》一篇,为流放沅、湘时根据民间祭祀云神的乐歌加工创作的。这里指屈原。

⑦竟夕:整夜。

赏 析

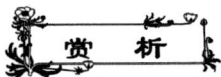

唐宣宗大中初年,原任山西太原幕府掌书记的马戴,因直言被贬为龙

阳(今湖南汉寿)尉。从北方来到江南,徘徊在洞庭湖畔和湘江之滨,触景生情,追慕前贤,感怀身世,写下了《楚江怀古》五律三章。这是其中第一篇。

诗的开头两句点明时间,描绘萧瑟清冷的暮秋景色,抒发悲凉落寞的情怀,奠定全诗的基调。因为"微阳下楚丘",所以"露气寒光集",显得是那样的萧瑟苍凉。"猿啼洞庭树,人在木兰舟",这是晚唐诗中的名句,一句写听觉,一句写视觉;一句写物,一句写己;上句静中有动,下句动中有静。诗人伤秋怀远之情并没有直接说明,只是点染了一张淡彩的画,气象清远,婉而不露,让人思而得之。黄昏已尽,夜幕降临,一轮明月从广阔的洞庭湖上升起,深苍的山峦间夹泻着汩汩而下的乱流。"广泽生明月"的阔大和静谧,曲曲反衬出诗人远谪遐方的孤单离索;"苍山夹乱流"的迷茫与纷扰,深深映照出诗人内心深处的彷徨。夜已深沉,诗人尚未归去,俯仰于天地之间,沉浮于湘波之上,他不禁想起楚地古老的传说和屈原《九歌》中的"云中君"。"屈宋魂冥寞,江山思寂寥"(《楚江怀古》之三),云神不得见,屈子也邈矣难寻,诗人自然更是感慨丛生了。"云中君不见,竟夕自悲秋",点明题目中的"怀古",而且以"竟夕"与"悲秋"在时间和节候上呼应开篇,使全诗在变化错综之中呈现出和谐完整之美,让人寻绎不尽。

绝妙佳句

猿啼洞庭树,人在木兰舟。

作者简介

施肩吾(公元 780—861 年),字希圣,号东斋,睦州(今属浙江)人。元和二年(公元 807 年)举进士,后隐居在洪州西山(今江西新建县)修道,世称"华阳真人"。俗又称为"施状元"。

施肩吾是中唐时著名的诗人和作家,他的诗歌及道教著作极为丰富,有诗集《西山集》十卷传世,《万首唐人绝句》诗集中收入其诗 151 首。另有道教著作《西山群仙会真记》《太白经》《黄帝阴符经解》《钟吕传道集》等。

幼 女 词

幼女才六岁,未知巧与拙。

向夜在堂前,学人拜新月①。

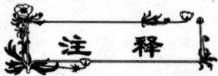

①新月:农历月初的弯月。

这首诗描写的是作者幼女拜月的事情。运用白描手法,勾画出了幼女天真可爱的形象。

一开始,作者就着力写幼女之"幼",先就年龄说,"才六岁",说"才"不说"已",意谓还小着呢。再就智力说,尚"未知巧与拙"。这话除表明"幼"外,更有多重意味。表面是说她分不清什么是"巧"、什么是"拙"这类较为抽象的概念;其实,也意味着因幼稚不免常常弄"巧"成"拙",做出一些令人哭笑不得的事情来。此外,这里提"巧拙"实偏义于"巧",暗示末句"拜新月"一事。

前两句刻画女孩的幼稚之后,后二句就集中于一件情事。时间是七夕,因前面已由"巧"字作了暗示,三句只简作一"夜"字。地点是"堂前",这是能见"新月"的地方。小女孩干什么呢?她既未和别的孩子一样去寻找

文学常识丛书

萤火，也不向大人索瓜果，却郑重其事地在堂前学着大人"拜新月"呢。读到这里，令人忍俊不禁。尽管作者叙述的语气客观，但"学人"二字传达的语义却是揶揄的。小女孩拜月，形式是成年的，内容却是幼稚的，这形成一个冲突，幽默滑稽之感即由此产生。小女孩越是弄"巧"学人，便越发不能藏"拙"。这个"小大人"的形象既逗人而有趣，又纯真而可爱。

绝妙佳句

向夜在堂前，学人拜新月。

作者简介

李贺(公元 790—816 年),字长吉,昌谷(今河南宜阳)人。因避家讳,不得应进士举,终生落魄不得志,27岁就英年离世。

他的诗想象丰富,构思奇特,具有极度浪漫主义风格。诗中反映出对宦官专权、藩镇割据的强烈不满,对劳苦人民的疾苦亦寄予关切。但也有一些作品流露出人生无常的阴郁情绪。有《昌谷集》。

梦 天

老兔寒蟾①泣天色,云楼②半开壁斜白。

玉轮轧露湿团光,鸾佩③相逢桂香陌④。

黄尘清水三山⑤下,更变千年如走马。

遥望齐州⑥九点烟,一泓⑦海水杯中泻。

注 释

①兔、蟾:都是指月。

②云楼:想象中的月上楼阁。

③鸾佩:雕着鸾凤的玉佩,这里指系着鸾佩的仙女。

④桂香陌:月宫中大路,因有桂树,故一路上桂子飘香。

⑤三山:指神仙家所说的海上三神山,即蓬莱、方丈、瀛洲。

⑥齐州:即中国。古说中国境内分为“九州”。

⑦一泓:一汪。

赏 析

这是一首游仙诗。前四句写诗人从人间来到月宫,后四句写诗人从月宫遥望人间。

"老兔寒蟾泣天色",古代传说,月里住着玉兔和蟾蜍。句中的"老兔寒蟾"指的便是月亮。幽冷的月夜,阴云四合,空中飘洒下来一阵冻雨,仿佛是月里玉兔寒蟾在哭泣似的。"云楼半开壁斜白",雨飘洒了一阵,又停住了,云层裂开,幻成了一座高耸的楼阁;月亮从云缝里穿出来,光芒射在云块上,显出了白色的轮廓,有如屋墙受到月光斜射一样。"玉轮轧露湿团光",下雨以后,水气未散,天空充满了很小的水点子。玉轮似的月亮在水气上面辗过,它所发出的一团光都给打湿了。前面三句,都是诗人梦里漫游天空所见的景色。第四句"鸾佩相逢桂香陌"则写诗人自己进入了月宫。在桂花飘香的月宫小路上,诗人和一群仙女遇上了。

这四句,开头是看见了月亮;转眼就是云雾四合,细雨飘飘;然后又看到云层裂开,月色皎洁;然后诗人飘然走进了月宫。层次分明,步步深入。

后四句,诗人从月宫遥望人间:三座仙山下的陆地和海洋,更替着变化,这种沧桑之变,虽然需要上千年的时间,但在诗人眼里,快得就像骏马奔驰;从天上遥望中国九州,小得如同九点烟尘;浩瀚的海洋,只不过像从杯子里倒出来的一汪清水。诗人尽情驰骋幻想,仿佛他真已飞入月宫,看到大地上的时间流逝和景物的渺小。浪漫主义的色彩是很浓厚的。

李贺在这首诗里,通过梦游月宫,描写天上仙境,以排遣个人苦闷。天上众多仙女在清幽的环境中,你来我往,过着一种宁静的生活。而俯视人间,时间是那样短促,空间是那样渺小,寄寓了诗人对人事沧桑的深沉感慨,表现出冷眼看待现实的态度。想象丰富,构思奇妙,用比新颖,体现了李贺诗歌变幻诡谲的艺术特色。

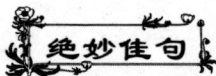

绝妙佳句

黄尘清水三山下,更变千年如走马。

作者简介

张祜(生卒年不详),字承吉,清河(今属河北)人。屡举不第。令狐楚欣赏其诗,曾表荐于朝,遭权贵贬抑,晚年寓居丹阳(今属江苏)。

其诗或感伤时世,或歌咏从军,以乐府宫词著称。其宫词写宫女幽怨之情,有感而发,平易自然而不流于浅俗。有《张承吉文集》。

题金陵渡①

金陵津②渡小山楼③，一宿行人④自可⑤愁。

潮落夜江斜月⑥里，两三星火⑦是瓜州⑧。

①金陵渡：渡口名，在今江苏省镇江市附近。

②津：渡口。

③小山楼：渡口附近小楼，作者住宿之处。

④行人：旅客，指作者自己。

⑤可：当。

⑥斜月：下半夜偏西的月亮。

⑦星火：形容远处三三两两像星星一样闪烁的火光。

⑧瓜州：在长江北岸，今江苏省邗(hán)江县南，与镇江市隔江相对。

文学常识丛书

这首诗抒发了诗人的旅夜愁怀。前两句写羁旅之愁：诗人歇宿在金陵津渡口的一座小楼里，因为远离了家乡，心里不免泛起一阵淡淡的乡愁。三、四句从"自可愁"引出。因胸怀愁闷，所以深夜难眠，在小山楼上推窗远

望,只见落潮的夜江浸在斜月的光照里,在烟笼寒水的茫茫江面上,忽见远处有几点星火闪烁,诗人不由脱口而出:"两三星火是瓜州"。那"两三星火"点缀在斜月朦胧的夜江之上,显得格外明亮。那是什么地方？诗人用"是瓜州"三字做了回答。这个地名与首句"金陵渡"相应达到首尾圆合。

全诗语言朴素自然,把江上清丽的夜景描绘得美妙如画。

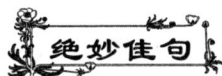

绝妙佳句

潮落夜江斜月里,两三星火是瓜州。

作者简介

温庭筠(公元 812—约 870 年),本名岐,字飞卿,太原祁(今山西祁县)人。文思敏捷,精通音律。每入试,押官韵,八叉手而成八韵,时号"温八叉"。仕途不得意,官止国子助教。

他的诗辞藻华丽,少数作品对时政有所反映。与李商隐齐名,并称"温李"。亦作词,他是第一个专力于"倚声填词"的诗人,其词多写花间月下、闺情绮怨,形成了以绮艳香软为特征的花间词风,被称为"花间派"鼻祖,对五代以后词的发展起了很大的推动作用。其词结有《金荃集》。

瑶瑟①怨

冰簟②银床③梦不成,碧天如水夜云轻。

雁声远过潇湘④去,十二楼⑤中月自明。

注释

①瑶瑟:镶玉的华美的瑟。瑟,一种弹拨乐器。

②冰簟(diàn):形容竹席之凉。

③银床:精美华丽的床。

④潇湘:水名,在今湖南省境内,湘水流至零陵县与潇水汇合而称"潇湘"。

⑤十二楼:本指仙人所居之外,这里指少妇华美的居室。

赏析

这是一首闺怨诗,抒写少妇别离的悲怨。

首句正面写女主人公。冰簟银床,指冰凉的竹席和银饰的床。"梦不成"三字很可玩味。它不是一般地写因为伤离念远难以成眠,而是写她寻梦不成。会合渺茫难期,只能将希望寄托在本属虚幻的梦境上;而现在,难以成眠,竟连梦中相见的微末愿望也落空了。这就更深一层地表现出别离

之久远,思念之深挚,会合之难期和失望之强烈。一觉醒来,才发觉连虚幻的梦境也未曾有过,伴着自己的,只有散发着秋天凉意和寂寞气息的冰簟银床。

第二句不再续写女主人公的心情,而是宕开写景。展现在面前的是一幅清寥淡远的碧空夜月图:秋天的深夜,长空澄碧,月光似水,只偶尔有几缕飘浮的云絮在空中轻轻掠过,更显出夜空的澄洁与空阔。这是一个空镜头,境界清丽而略带寂寥。它既是女主人公活动的环境和背景,又是她眼中所见的景物。不仅衬托出了人物皎洁轻柔的形象,而且暗透出人物清冷寂寞的心绪。

第三句转而从听觉角度写景,和上句"碧天"紧相承接。夜月朦胧,飞过碧天的大雁是不容易看到的,只是在听到雁声时才知道有雁飞过。在寂静的深夜,雁叫更增加了清冷孤寂的情调。"雁声远过",写出了雁声自远而近,又由近而远,渐渐消失在长空之中的过程,也从侧面暗示出女主人公凝神屏息、倾听雁声南去而若有所思的情状。雁足传书,听到雁声南去,女主人公的思绪也被牵引到南方。大约正暗示女子所思念的人在遥远的潇湘那边。

末句描绘在月光照耀下的"十二楼",表面看来纯系写景,实际上是以景结情。"月自明"的"自"字用得很有情味。孤居独处的离人面对明月,会勾起别离的情思、团圆的期望,但月本无情,仍自照临高楼。诗人虽只写了沉浸在月光中的高楼,但女主人公的孤寂、怨思,却仿佛融化在这似水的月光中了。

这首写少妇别离之怨的诗颇为特别。全篇除"梦不成"三字点出人物以外,全是景物描写。整首诗就像是几个组接得很巧妙的写景镜头。诗人要着重表现的,并不是女主人公的具体心理活动、思想感情,而是通过景物的描写、组合,渲染一种和主人公相思别离之怨和谐统一的氛围、情调。冰

簟、银床、秋夜、碧空、明月、轻云、南雁、潇湘,以至笼罩在月光下的玉楼,这一切,组成了一幅清丽而含有寂寥哀伤情调的图画。

绝妙佳句

雁声远过潇湘去,十二楼中月自明。

诗中月

作者简介

　　李商隐(约公元 813—约 858 年),字义山,号玉溪生,又号樊南子。原籍怀州河内(今河南沁阳),祖辈迁荥阳(今属河南)。初学古文。受牛党令狐楚赏识,入其幕府,并从学骈文。开成二年(公元 837 年),以令狐之力中进士。次年入属李党的泾原节度使王茂元幕府,王茂元爱其才,以女妻之。因此受牛党排挤,辗转于各藩镇幕府,终身不得志。

　　李商隐的诗文字和音调优美,多用象征手法,充满浪漫色彩。尤其是他的抒情诗情调感伤,意境朦胧,对后代影响浪大。

文学常识丛书

霜　月

初闻征雁已无蝉,百尺楼高水接天。

青女①素娥②俱耐冷,月中霜里斗婵娟③。

注　释

①青女:主霜雪的女神。

②素娥:月中嫦娥。

③婵娟:美好的姿容。

147

赏　析

　　这首诗写的是深秋季节,在一座临水高楼上观赏霜月交辉的夜景。
"初闻征雁已无蝉,百尺楼高水接天"二句实写环境背景:秋深了,树枝上已
听不到聒耳的蝉鸣,辽阔的长空里时时传来雁阵惊寒之声。在月白霜清的
宵夜,高楼独倚,水光接天,望去一片澄澈空明。这环境是美妙想象的摇
篮,它会唤起人们绝俗离尘的意念。正是在这个摇篮里,诗人的灵府飞进
月地云阶的神话世界中去了。由此引出"青女素娥俱耐冷,月中霜里斗婵
娟"二句。青女、素娥在诗里是作为霜和月的象征的。这样,诗人所描绘的
就不仅仅是秋夜的自然景象,而是勾摄了清秋的魂魄,霜月的精神。这精
神是诗人从霜月交辉的夜景里发掘出来的自然之美,同时也反映了诗人在

混浊的现实环境里追求美好、向往光明的深切愿望，是他性格中高标绝俗、耿介不随的一面的自然流露。

范元实说："义山诗，世人但称其巧丽，至与温庭筠齐名。盖俗学只见其皮肤，其高情远意，皆不识也。"其实，不仅咏史诗以及叙志述怀之作如此，在更多的即景寄兴的小诗里，同样可以见出李商隐的"高情远意"。叶燮是看到了这点的，所以他特别指出李商隐的七言绝句，"寄托深而措辞婉"。于此诗，也可见其一斑。

绝妙佳句

青女素娥俱耐冷，月中霜里斗婵娟。

作者简介

赵嘏(gǔ)(生卒年不详),字承祐,楚州山阳(今江苏省淮阴县)人。唐文宗大和元年(公元827年),为越州(今浙江绍兴)刺史、浙东观察使元稹幕宾。后为宣歙观察使沈传师幕宾。此间,多次进京应试,均未及第。会昌二年(公元842年),登进士第。大中七年(公元853年),任渭南尉,故有"赵渭南"之称,不久病逝于任所。

赵嘏作诗擅长七律,笔法圆转流美,时有警策之句。《全唐诗》录存其诗二卷。

江楼感旧①

独上江楼思渺然②,月光如水水如天。

同来望月人何处?风景依稀③似去年。

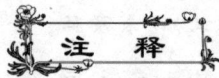

①感旧:感叹从前的人和事。

②思渺然:形容深远。

③依稀:仿佛,大概。

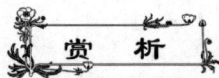

这是一首记游诗。诗人在江边一处楼台旧地重游,怀念友人,写了这首感情真挚的怀人之作。

首句"独上江楼"透露出诗人寂寞的心境;"思渺然"三字,又使人仿佛见到他那凝神沉思的情态。这就启逗读者,诗人在夜阑人静的此刻究竟"思"什么呢?对这个问题,诗人并不急于回答。第二句故意将笔荡开去从容写景,进一层点染"思渺然"的环境气氛。登上江楼,放眼望去,但见清澈如水的月光,倾泻在波光荡漾的江面上,因为江水是流动的,月光就更显得在熠熠闪动。"月光如水",波柔色浅,宛若有声,静中见动,动愈衬静。诗

人由月而望到水,只见月影倒映,恍惚觉得幽深的苍穹在脚下浮涌,意境显得格外幽美恬静。整个世界连同诗人的心,好像都溶化在无边的迷茫恬静的月色水光之中。这一句,诗人巧妙地运用了叠字回环的技巧,一笔包蕴了天地间景物,将江楼夜景写得那么清丽绝俗。这样迷人的景色,一定使人尽情陶醉了吧?然而,诗人却道出了一声声低沉的感叹:"同来望月人何处?风景依稀似去年。""同来"与第一句"独上"相应,巧妙地暗示了今昔不同的情怀。原来诗人是旧地重游。去年也是这样的良夜,诗人结伴来游,共赏江天明月,那是怎样的欢快!曾几何时,人事蹉跎,昔日游伴不知已经漂泊何方,而诗人却又辗转只身来到江楼。面对依稀可辨的风物,缕缕怀念和怅惘之情,正无声地敲击着诗人孤独的心。读到这里,我们才豁然开朗,体味到篇首"思渺然"的深远意蕴,诗人江楼感旧的旨意也就十分清楚了。

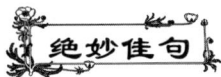

绝妙佳句

独上江楼思渺然,月光如水水如天。

作者简介

    涂凝(生卒年不详),睦州(今浙江建德)人。元和中官至侍郎。与韩愈、白居易、元稹等有交往。一度曾客游扬州。归里后优游诗酒而终。

    涂凝的诗朴实无华,意境高远,笔墨流畅、自然。《全唐诗》存其诗一卷。

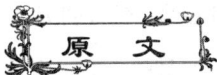

忆扬州

萧娘①脸薄难胜②泪,桃叶③眉长易觉愁。

天下三分明月夜,二分无赖④是扬州。

①萧娘:对青年女子的通称。此处似指歌女。

②难胜:经受不起。

③桃叶:本为东晋王献之爱妾名,此处也指歌女。

④无赖:可爱。

153

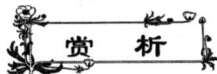

这是一首怀人之作。但是,诗人并不着力描写扬州的宜人风物,而是以离恨千端的绵绵情怀,追忆当日的别情。

诗的开头两句写当日别离景象。萧娘、桃叶均代指所思;愁眉、泪眼似是重复,而以一"难"一"易"出之,便不觉其烦,反而有反复流连、无限萦怀之感。当日的愁眉、泪眼,以及当日的惨痛心情,都化作今日无穷的思念。在此思念殷切之际,只觉一片惆怅,没有可诉说之人,于是,抬头而见月,但此月偏偏又是当时扬州照人离别之月,更加助愁添恨。虽然时光冲淡了当日的凄苦,却割不断缠绵的思念。这种挣不断、解不开的心绪,本与明月无关,奈何它曾照离人泪眼,似是有情,而今夜偏照愁人又似无动于衷,却是可憎。于深夜抬头望月时,本欲解脱这一段愁思,却想不到月光又来缠人,故曰明月"无赖"。三、四句的特点在于用数字分配月色,以致"二分明月"后来成为扬州的代称。

绝妙佳句

天下三分明月夜,二分无赖是扬州。

作者简介

韦庄(公元 836—910 年),字端己,长安杜陵(今属陕西长安县)人。唐昭宗乾宁元年(公元 894 年)进士,授校书郎。后入蜀,为王建掌书记。王建称帝后,任宰相。

韦庄的诗以七绝见长,多为伤时、感旧、怀乡、吊古之作。他又是著名的词家,与温庭筠齐名,在"花间词派"中独树一帜,影响甚大。

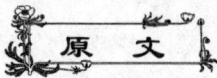

陪金陵府相中堂^①夜宴

满耳笙^②歌满眼花，满楼珠翠胜吴娃^③。

因知海上神仙窟，只似人间富贵家。

绣户夜攒红烛市，舞衣晴曳碧天霞。

却愁宴罢青娥散，扬子江头^④月半斜。

①金陵：指润州，即今江苏省镇江市，非指南京。唐人喜称镇江为丹徒或金陵。如李德裕曾出任浙西观察使（治所润州），其《鼓吹赋·序》云："余往岁剖符金陵。"府相：对东道主周宝的敬称，当时周宝为镇润州的镇海军节度使同平章事。中堂：大厅。

②笙（shēng）：一种簧管乐器。

③吴娃：吴地美女。

④扬子江头：扬子江边。扬子江，古时称江苏仪征、扬州一带的长江为扬子江。

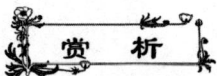

这首诗是诗人参加周宝的盛大宴会，有感而作。

开头两句连用三个"满"字，笔酣意深。满耳的笙箫吹奏，满眼的花容

月貌,满楼的红粉佳丽,佩戴着炫目的珠宝翡翠,真比吴娃还美,若非仙宫似的富贵人家,哪得如此。

三、四句进一步描绘歌舞喧天、花团锦簇的豪华场面。可诗人匠心独运,以倒说出之,便觉语新意奇。本来神话中的仙境,人间再美也是比不上的。而诗人却倒过来说,即使"海上神仙窟",也只能像这样的"人间富贵家"。淡淡一语,衬托出周宝府中惊人的豪奢。沈德潜评此诗时说:"只是说人间富贵,几如海上神仙,一用倒说,顿然换境。"

五、六句中的"攒""曳"二字丝丝入扣。雕饰精美的门庭,灯烛辉煌,像是红烛夜市一般。歌女们翩翩起舞,彩衣像牵曳着碧空云霞。轻歌曼舞,轻盈摇曳之姿毕现。"夜攒"益显其满堂灯火,"晴曳"更衬出锦绣华灿。"夜"和"晴"又把周宝夜以继日、沉湎于歌舞声色之中的场面写了出来。

末尾两句诗人将笔锋一转,写到了宴会场外的静夜遥天:"却愁宴罢青娥散,扬子江头月半斜。"一个"愁"字,点出了清醒的诗人并未被迷人的声色所眩惑,而是别抱深沉的情怀。宴罢人散,月已半斜,徘徊扬子江头,西望长安,北顾中原,兵戈满天地,山河残破,人何以堪!伤时,怀乡,忧国,忧民,尽包含在一个"愁"字里。"月半斜"之"半",既是实景,又寓微言。这时黄巢起义军纵横驰骋大半个中国,地方藩镇如李克用等也拥兵叛唐,僖宗迭次出奔,唐王朝摇摇欲坠。只有东南半壁暂得喘息,然而握有重兵的周宝却整日沉湎酒色。这样一个局面,岂不正是残月将落,良宵几何!

全诗虽用大部分笔墨写豪阀之家穷奢极欲、歌舞夜宴的富贵气象,而主旨却在尾联,诗眼又浓重地点在一个"愁"字上。一"愁"三"满",首尾相应,产生强烈的对比作用。

绝妙佳句

却愁宴罢青娥散,扬子江头月半斜。

作者简介

　　林逋(公元 967—1028 年),字君复,钱塘(今浙江杭州)人。少孤力学,恬淡好古。初游江淮间,后归隐杭州西湖孤山,种梅养鹤,终身不仕,也不婚娶,世人称"梅妻鹤子"。死后,宋仁宗赐谥"和靖先生"。

　　他的诗风淡远、婉丽,内容多反映其隐居生活及恬淡的心境。有《林和靖诗集》。

山园小梅

众芳①摇落独暄妍②,占尽风情③向小园。

疏影横斜水清浅,暗香④浮动月黄昏⑤。

霜禽⑥欲下先偷眼⑦,粉蝶如知合⑧断魂。

幸有微吟可相狎⑨,不须檀板共金樽⑩。

诗中月

①众芳:百花。

②暄妍:鲜丽明媚。

③风情:风光。

④暗香:幽香。

⑤月黄昏:月色朦胧。

⑥霜禽:寒鸟。

⑦偷眼:偷偷地看。

⑧合:应当。

⑨狎(xiá):亲近。

⑩檀板、金樽:指俗人之宴饮。檀板,泛指乐器。金樽,酒具。

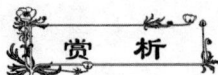

这是一首著名的咏梅诗。开头两句先写梅花的品质不同凡花。百花飘零凋谢，独有梅花却茂盛妍丽地开放，小园中只有它占尽美好的风光。"众"与"独"字对出，言天地间只有此花，这是何等的峻洁清高。

三、四句最为世人称道的，它勾画了一幅优美的山园小梅图。上句轻笔勾勒出梅之骨，"疏影"状其轻盈，翩若惊鸿；"横斜"传其妩媚，迎风而歌；"水清浅"显其澄澈，灵动温润。下句浓墨描摹出梅之韵，"暗香"写其无形而香，随风而至，显得富有情趣；"浮动"言其款款而来，飘然而逝，颇有仙风道骨；"月黄昏"采其美妙背景，展现了一个迷人意境。当然，林逋这两句诗也并非是臆想出来的，他除了有生活实感外，还借鉴了前人的诗句。五代南唐江为有残句："竹影横斜水清浅，桂香浮动月黄昏。"这两句既写竹，又写桂。不但未写出竹影的特点，且未道出桂花的清香。因无题，又没有完整的诗篇，未能构成了一个统一和谐的主题、意境，感触不到主人公的激情，故缺乏感人力量。而林逋只改了两字，将"竹"改成"疏"，将"桂"改成"暗"，这"点睛"之笔，使梅花形神活现。

五、六句从侧面描写梅花的美。"偷眼"写"霜禽"迫不及待的样子，为何如此，因为梅之色、梅之香这种充满了诱惑的美；"粉蝶"与"霜禽"构成对比，虽都是会飞的生物，但一大一小，一禽一虫，一合时宜一不合时，画面富于变化，"断魂"略显夸张，用语极重，将梅之色、香、味推崇到"极致的美"。

末尾两句是说可以亲近梅花的，幸喜还有低吟诗句那样的淡泊清雅，而不须要酒宴歌舞这样的豪华。诗人在这里赋予梅花以人的品格，表达出诗人愿与梅合而为一的生活旨趣和精神追求。苏轼曾在《书林逋诗后》说：

"先生可是绝伦人,神清骨冷无尘俗。"《四库全书总目》说:"其诗澄澹高逸,如其为人。"可知其言不谬,此诗之神韵正是诗人幽独清高、自甘淡泊的人格写照。

绝妙佳句

疏影横斜水清浅,暗香浮动月黄昏。

作 者 简 介

欧阳修(1007—1072年),字永叔,号六一居士,庐陵(今江西吉安)人。宋仁宗天圣八年(1030年)进士。官馆阁校勘,因直言论事贬知夷陵。庆历中任谏官,支持范仲淹,要求在政治上有所改良,被诬贬知滁州。官至翰林学士、枢密副使、参知政事。

他是北宋古文运动的倡导者和领袖,为唐宋八大家之一。其散文说理畅达,抒情委婉。其词婉丽,承袭南唐余风。诗风与其散文近似,语言流畅自然。有《欧阳文忠公集》。

晚泊岳阳①

卧闻岳阳城里钟,系舟岳阳城下树。

正见空江②明月来,云水苍茫失江路。

夜深江月弄清辉,水上人歌月下归。

一阕③声长听不尽,轻舟短楫④去如飞。

注 释

①岳阳:即今湖南岳阳。

②空江:空旷的江面。

③一阕:一首歌曲。

④楫:船桨。

赏 析

宋仁宗景祐三年(1036 年),范仲淹因力主改革朝政,被诬"越职言事,离间君臣,引用朋党",贬饶州。欧阳修仗义执言,亦被贬为峡州夷陵(今湖北宜昌)令,这首诗即作于赴贬所途中泊岳阳时。

诗的前四句写江上云水苍茫之夜景,后四句写渔舟唱晚之声。写

晚泊之见闻,隐含作者无端被贬、远谪他乡的愁思。情韵幽折,令人低徊欲绝。

绝妙佳句

夜深江月弄清辉,水上人歌月下归。

作者简介

苏轼（1037—1101年），字子瞻，一字和仲，眉州眉山（今四川眉山）人。宋仁宗嘉祐二年（1057年）进士，任福昌县主簿，大理评事，凤翔府判官，杭州通判，知密州、涂州。元丰二年（1079年）知湖州时，以作诗"谤讪朝政"获罪，下御史台狱，次年被贬为黄州团练副使，筑室于东坡，自号东坡居士。元丰七年（1084年）移汝州。哲宗即位后，入京任起居舍人、中书舍人、翰林学士等职，又出知杭州、颖州、扬州。哲宗亲政后，被列为元祐党人，贬至惠州、儋州。元符三年（1100年）始召还。北归途中，卒于常州。

其诗内容广阔，风格多样，而以豪放为主，笔力纵横，穷极变幻，具有浪漫主义色彩。有《东坡全集》。

汲①江煎茶

活水还须活火煮，自临钓石取深清②。

大瓢贮月归春瓮，小杓③分江入夜瓶。

雪乳已翻煎处脚④，松风忽作泻时声。

枯肠未易禁三碗，坐听荒城长短更。

注 释

①汲(jí)：从低处打水。

②深清：指既深又清的江水。

③杓(sháo)：杓子，舀东西的器具。

④处脚：指茶脚。

文学常识丛书

赏 析

这首诗是作者于宋哲宗元符三年（1100 年）被贬至儋州（今海南儋县）时所作。诗中描写了作者月夜江边汲水煎茶的细节，具体地反映了被贬远方的寂寞心情。

第一句说，煮茶最好用流动的江水（活水），并用旺火（活火）来煎。唐朝人论煮茶就有所谓"茶须缓火炙，活火烹"的说法，缓火就是炆火（微火），

活火是指旺火。这里说应当用旺火烹,用活水煮。因为煎茶要用活水,只好到江边去汲取,所以第二句说,自己提着水桶,带着水瓢,到江边钓鱼石上汲取深江的清水。

他去汲水的时候,正当夜晚,天上悬挂着一轮明月,月影倒映在江水之中。第三句写月夜汲水的情景,说用大瓢舀水,好像把水中的明月也贮藏到瓢里了,一起提着回来倒在水缸(瓮)里。第四句说,再用小水杓将江水舀入煎茶的陶瓶里。这是煎茶前的准备动作,写得很细致、很形象,很有韵味。

第五句写煎茶:煮开了,雪白的茶乳(白沫)随着煎得翻转的茶脚漂了上来。茶煎好了,就开始斟茶。第六句说,斟茶时,茶水泻到茶碗里,飕飕作响,像风吹过松林所发出的松涛声。他在《试院煎茶》诗里说"飕飕欲作松风鸣",也是用"松风"来形容茶声。这虽然带点夸张,却十分形象、逼真地说明,他在贬所的小屋里,夜间十分孤独、寂静,所以斟茶的声音也显得特别响。

第七句写喝茶,说要搜"枯肠"只限三碗恐怕不易做到。这句话是有来历的。唐代诗人卢仝《谢孟谏议寄新茶》诗说:"一碗喉吻润,二碗破孤闷,三碗搜枯肠,惟有文字五千卷……七碗吃不得,惟觉两腋习习清风生。"写诗文思路不灵,常用"枯肠"来比喻。搜索枯肠,就是冥思苦索。卢仝诗说喝三碗可以治"枯肠",作者表示怀疑,说只限三碗,未必能治"枯肠",使文思流畅。看来他的茶量要超过"三碗",或许喝到卢仝诗中所说的"七碗"。他在另一首诗中就说,"且尽卢仝七碗茶"。喝完茶干什么?没事。所以最后一句说,喝完茶,就在这春夜里,静坐着挨时光,只听海南岛边荒城里传来那报更(夜间报时)的长短不齐的鼓声。

这首诗的特点是描写细腻生动。从汲水、舀水、煮茶、斟茶、喝茶到听更,全部过程仔仔细细、绘影绘声。通过这些细节的描写,诗人被贬后寂寞无聊的心理,很生动地表现出来了。

绝妙佳句

大瓢贮月归春瓮,小杓分江入夜瓶。

文学常识丛书

作者简介

查慎行(1650—1727年)，初名嗣琏，字夏重；后改名慎行，字悔余，号他山，又号初白，浙江海宁人。康熙四十二年(1703年)进士，特授翰林院编修，入直内廷。康熙五十二年(1713年)乞休归里。雍正四年(1726年)，因弟弟查嗣庭讪谤案而受牵连，被逮入京，次年放归，不久去世。

查慎行诗学宋人，尤其受苏轼、陆游、杨万里影响较大。其诗多抒发行旅之情，善用白描手法。有《敬业堂诗集》。

诗中月

169

舟夜书所见①

月黑见渔灯②,孤光③一点萤④。

微微风簇⑤浪,散作满河星。

注 释

①舟夜书所见:夜晚在船上记下所看到的事情。书,写、记录。

②渔灯:渔船上点的灯。

③孤光:渔船上孤零零的灯光。

④萤(yíng):萤火虫,用以比喻灯光的微细。

⑤簇(cù):聚拢在一块儿,聚集成一团。这里是"吹"的意思。

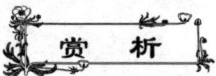

赏 析

这首诗短短二十字,却体现了诗人对自然景色细微的观察力。没有月亮的夜是看不清什么的,然而因为有一点微风,远处的一盏小如萤火的渔灯,让诗人看到了满河的"星星"。诗歌写出了少中有多、小中有大的哲理。同时也用诗的本身启发我们,只要你用心,就会发现生活中的美,美在你的心中,美在你的眼中。

全诗用白描手法写出了诗人夜晚在船上看到的景色。前两句写渔灯

的静态,后两句写渔灯的动态,既有水上灯光,又有水下的"星光",不仅动静结合,而且虚实相生,具有很强的艺术魅力。

绝妙佳句

　　微微风簇浪,散作满河星。

诗中月

171